致賢南哥

현남 오빠에게

著
趙南柱
崔恩榮
金異說
崔正和
孫寶渼
具竝模
金成重

譯
簡郁璇

目錄

趙南柱

조남주 © Minumsa

1978 年生於首爾，2011 年以《側耳傾聽》獲第 17 屆文學村小説獎，正式踏入文壇。曾獲第 2 屆黃山伐青年文學獎、第 41 屆今日作家獎。著有長篇小説《獻給柯曼妮奇》、《82 年生的金智英》、《她的名字是》。

致賢南哥

此時我來到了我們經常光顧的咖啡廳，坐在窗邊的老位置，窗外可以看見賢南哥你的公司大樓呢。我點著指尖從一樓開始數起，一、二、三、四、五、六、七，七樓，你應該就在那眾多窗戶的其中一扇。我們約好了十小時後要在這兒碰面吧？但是我沒有勇氣當著你的面說，所以留下了這封信。

對不起，我已經說過好幾次，我無法接受你的求婚。我決定不和你結婚。我感到很害怕，也沒有信心判斷這項決定是否正確、未來會不會後悔，或是沒有了你，我是否能活下去。我真的苦惱了很久。

已經第十年了，等於我的人生幾乎有三分之一是和你一起度過。雖然往後再也見不到你的事實令我難以置信，但我打算就此打住。過去謝謝你了，真的很謝謝你，謝謝你，還有……對不起。

◇

我想起了十年前和你相遇的那一天。都二十歲的大人了，我竟然還會在學校內迷路，不停原地打轉，現在想起來還是覺得自己很沒用。面對陌生的城市、陌生的學校、陌生的人群，那時的我似乎有些緊張，突然擁有過多的自由，不安與負擔也相形擴大，犯下許多莫名其妙的失誤。

我到現在還記得你當時的表情。你直勾勾的瞅著突然冒出來、詢問工學院在哪裡的我，接著以既不像嘲笑但也不怎麼親切的口吻說了一句：「走吧，我也要去工學院。」工學院偏偏位於半山腰，我們穿越了被學生喚為「亞馬遜」、人煙稀少且大白天也十分昏暗的一小片森林。後來我才得知，只要爬圖書館旁邊的樓梯就行了，那條路明亮許多，也有很多人走動，我還因此向你發了一點脾氣。你說，是因為我看起來很著急才帶我走捷徑。

起初，我很慌張的以為迷路了，走在那片亞馬遜森林時一直很緊張，直到抵達工學院前，心臟才彷彿炸開來般怦怦跳個不停，甚至能感受到指尖陣陣發麻。擱下心中的大石後，想到自己能夠平安抵達工學院，不禁覺得你真是個大好人呢。

我打算向你道謝，卻不知怎地始終開不了口，直到你說：「上課沒遲到嗎？趕快去！」我還一動也不動的愣愣站在原地。你抽走我手中的筆記本，確認了最後一頁的課表，闊步走進了大樓。這時我的身體才宛如詛咒解除般總算活動自如，我一邊喊著「請把手冊還給我」，一邊像個傻瓜般咚咚的跟上你的腳步。到頭來，等於是你送我到上課教室的。

那天的事，在你的記憶中應該有些許不同吧？你說，是我要求你帶我去的。那時你在工學院上完課，去圖書館還了書，正在前往學生餐廳的路上，你甚至還將課表拿給我看。雖然當時你說「走吧」的嗓音和腔調歷歷在目，但你說那只是我的錯覺，輕描淡寫帶過了，因為你認為這件事無足輕重。

可是，你確實說了「走吧，我也要去工學院」。我在上那堂工學院課程時，在筆記本上寫了約莫十次「我也要去工學院，我也要去工學院，我也要去工學院……」我好像完全沒在聽課，整堂課都在塗塗寫寫那些句子。要是我說出這件事，就好像是我對你一見鍾情，這讓我覺得很難為情，所以無法向你坦白。再說，你原本不就確信，是我先拜託你的嗎？

先前發生過很多次類似的情況，一時要舉例卻怎麼也想不起來。啊，你還記得我們在江南遇見圭演嗎？當時圭演坐在一個窗戶偌大的咖啡廳內，我們從對面經過。

你說：「那是你們系上的吧？」

我回說不是，「那是你社團的學弟，所以我才會認識。」

你卻一副覺得很扯的樣子，笑得非常大聲，「我會不認識自己社團的學弟嗎？這怎麼可能？」

那按照你的話來說，我不就成了不認識系上同學的人嗎？於是我也忍不住用強硬的口氣說：「圭演是你社團的學弟。」你卻反問我今天幹嘛這麼敏感，還說「就當作是妳對吧」。

我一時氣不過，拉著你的手過馬路，走進咖啡廳，親自從圭演口中聽到他說是你的社團學弟，而且和我就讀不同科系。但我之所以哭出來，不是由於我對你覺得好笑的事感到生氣，你還不當一回事的說難免會搞錯，而是因為去找圭演的途中，我不斷懷疑自己，如果真的是我弄錯了怎麼辦？如果是我搞混了怎麼辦？

◇

父親對我要到首爾求學一事感到憂心忡忡，從考上大學到搬進宿舍，最常從父親口中聽到的話就是「自己要小心」。女學生成為坐檯小姐、表妹肚子被搞大後回到故鄉、朋友的女兒被有婦之夫欺騙而搞砸人生、女性後輩喝醉酒被計程車司機侵犯……父親口中說出了無數個女人離家後變得不幸的故事。

入學後沒多久辦了一場開學派對，有一位男同學被發現偷拍喝醉的女同學，導致我們系上鬧得天翻地覆。那時你也說，要我小心首爾人，尤其不能相信男人。

我也算是在大城市出生長大的，很習慣高樓大廈、水泥叢林、路面寬闊複雜且人潮眾多的街道。儘管如此，首爾卻截然不同。或許問題並不出在首爾，而是因為我是孤零零的一個人，意識到身邊沒有給我建議的前輩和能夠保護我的大人，內心才會如此惶惶不安。加上課業繁重，打工又很辛苦，基於義務感而必須維繫的人際關係也令我疲憊不堪。

你對各種獎學金種類、申請辦法、簡易選課的方法、能夠替自己加分的校內活動都瞭若指掌，也擁有許多關於課程和教授特色的資訊，在你的幫助下，我才得以相對輕鬆度過學校生活。猶如無頭蒼蠅般橫衝直撞的新生朋友們很羨慕我，當時的我確實有些洋洋自得，也很自然的依賴你的判斷與建議。

我們就讀的科系完全不同，卻修了許多堂相同的課，這都多虧你積極推薦人氣爆棚或給分很甜的課程。雖然起初上那些既陌生又不合我興趣的科目覺得很有壓力，如今回首，卻發現那是能夠多元學習的大好機會。

我尤其經常想起基礎物理學課。你應該還記得重修基礎物理學時，我也稍微去旁聽了一下吧？真不曉得那位教授是怎麼一眼就看出我是旁聽生。他說自己授課三十年，第一次遇到來旁聽物理學的學生，第一堂課時要我自我介紹，還時不時問我是不是理解了，丟問題問我，稱讚我回答得很好……我感到很難為情，也有些尷尬，但久違的物理課很有趣，我也很感謝教授。雖然我學得不好，教授卻只因為我很認真聽課這點而對我疼愛有加。但也因為這點，我終究沒能旁聽到學期末。

你非常討厭教授，說那不是對待學生的正常態度。是我太遲鈍嗎？其實在你說這番話前，我一點也不覺得教授有任何奇怪之處。一聽到我說沒什麼特別感覺，你隨即說：「沒想到妳是這種人。」老實說，當時之所以停止旁聽並不是因為教授，也不是因為你討厭教授，而是倘若我再假裝若無其事的聽課，我好像真的會成為一個怪人。

教授從來沒有在課堂以外的時間私下找過我，也不曾問過我的個人資訊，他總是使用敬語稱呼學生。是啊，雖然相較之下，教授經常向身為旁聽生的我提問，但那些問題全都是和課程相關的內容，你卻說教授的動機不單純、另有企圖，覺得很厭惡反感，還因此發了一頓脾氣，質問我：「妳不會覺得不爽嗎？」當然發怒的對象不是我而是教授，但你不也指責我沒有識人的眼光又很遲鈍嗎？我覺得心裡很不舒服，也對造成這種尷尬情況的教授產生怨懟，連帶的心情真的變得很不爽，也多疑起來。在你重修基礎物理學的整個學期，我們一直稱呼那個教授為「變態」。

自從那件事後，我開始覺得男性朋友讓我很有壓力。他們會不會對我懷有非分之想？會不會對我說的話或行為有所誤解？最重要的是，我害怕自己無法解讀出他們所傳遞的性暗示，做出可能讓男人誤會的行為。該怎麼說呢？雖然這種措辭不太好聽，但那讓我覺得自己好像突然變成很開放的女人。我開始更嚴格管束自己，拒男人於千里之外，也不去有男人參加的聚會，人際關係與活動範圍都因此縮小了。

我原本忘得一乾二淨，直到去年朋友提起那位教授的事。你還記得智瑜吧？我住宿舍時的第一位室友。智瑜一進公司就被派到大田總公司，有好一段時間都沒辦法見面，直到去年她回到首爾，才終於碰上一面。

智瑜最先問起你的近況，聽到我說你過得很好，她隨即笑說：「妳真的和賢南哥交往好久，真了不起。」雖然腦海中瞬間閃過「真了不起」是什麼意思，但我只是一笑置之。

回想著如何和你自然而然的變成男女朋友，卻聊起跟你去聽課的往事。智瑜說她怎麼也想不到我會去旁聽物理學，「不過那堂課應該很有趣吧？教授很有紳士風度。」聽到這句話的瞬間，我眼前一片空白。沒錯，教授確實很有紳士風度，雖然和我父親是同一輩的人，但並不因循守舊或高高在上，用「有紳士風度」來形容他再適合不過了，可是在我的記憶中，為什麼他是一位讓人不愉快的人呢？雖然只有一小段時間，但我為什麼會稱呼他「變態」呢？他從未和我握過手，也不曾有過上課內容以外的任何對話啊。

我們做錯了。雖然沒有公然毀謗，但我們確實基於錯誤判斷而謾罵一個人。之所以會在多年後突然提起這件事，是因為如果你至今還對教授存有扭曲不實的記憶，我希望你能修正它。事到如今，不管我們想什麼、說什麼，都不會對教授造成任何影響——不，教授應該全然不知情吧。儘管如此，我仍認為錯誤的事就應該糾正，畢竟我們毫無根據的就誣陷了一個人，不是嗎？

◇

仔細回想，在對於人的好惡方面，你對我造成很大影響。若再次提起這個名字，你應該會感到非常厭惡吧？我是指你曾經很討厭的知恩，也就是我的朋友。你們兩人是在校慶初次見面吧，我們一起去了知恩的社團攤位，三人越聊越高興，之後還喝酒喝到很晚才結束。

起初你和知恩非常合拍，熱絡到我都要吃醋了。自從知道知恩喜歡棒球，又跟你支持相同隊伍後，我瞬間好像成了隱形人。你們兩個不斷談論我不認識的選手和教練名字，分享過往比賽的回憶，我雖想插話要你們講點我也知道的話題，但總覺得那有損自尊心，只好假裝興致勃勃的陪笑搭腔。

雖然我們不會刻意約時間碰面，但在學校很自然就會碰到。有時我和你在一起時也會找知恩，三人一起吃飯；有時則是和知恩一起到你上課的大樓，三人一塊喝杯咖啡；我們還曾三人一起去看過一次棒球吧？棒球比賽很精采，熱情的為球員加油、大聲唱應援歌曲也很有趣，而且原來在棒球場喝啤酒會覺得更暢快順口呢！就算對棒球一知半解，也沒有特別支持的隊伍，但也能玩得很開心啊！我甚至覺得詫異，為什麼你過去不曾約我去看棒球呢？可是打從那天開始，你和知恩之間有了嫌隙。

那是你們兩人支持的隊伍連續慘敗後逆轉勝的日子，興奮之情尚未褪去的我們覺得就此離去很可惜，就到便利超商買了一堆啤酒和下酒菜，跑到公園的長椅上坐著。好像是在知恩率先喝完一罐啤酒之後，還是我們正反覆回味已結束多時的比賽時呢？

你對知恩說：「妳好像和一般的女生不一樣。」

知恩問：「那是什麼意思？」

你說：「這是稱讚。」

知恩再次詢問：「一般的女生是怎樣？和一般女生不一樣怎麼會是稱讚？那你是指一般女生都不怎麼樣嗎？」

氣氛突然變得涼颼颼的，酒局草草結束，但你還是讓計程車先前往知恩家，才送我回宿舍。知恩下車後，我坐在計程車內聽你數落知恩有點莽撞，接著說她好像滿沒禮貌的，最後又說她沒教養。其實聽起來有點不舒服，好歹她也是我的朋友，怎能說她沒教養？

還有，我怕會惹你不高興才沒說出口，但知恩好像也覺得你不怎麼樣。從某一刻開始，她經常會問我是不是真的喜歡你，喜歡你哪一點，為什麼會喜歡你……要是我說為什麼問這些，知恩也只會輕描淡寫的說「沒什麼」，但我可以從她的表情和口氣中感覺到錯綜複雜的情緒，像是疑問、擔憂、不安……

後來，兩人是因為你的同學會而產生嫌隙吧？那並不是一般的同學會，而是你畢業的高中規模最大、歷史最悠久的社團總校友會，是如今成為社會中堅分子的大前輩攜家帶眷參加的場合。你事先表示會帶我同行，買了要穿去參加校友會的端莊禮服給我，還預約了當天替我化妝的美容院。你說，這是要給我的禮物。雖然很感謝你，也覺得自己獲得了你的認可，但其實我並不怎麼高興。我無法用言語表達出來，但那就像有塊極為細小的肉末卡在牙縫裡，怎麼樣都弄不掉的那種鬱悶、排斥感與不自在。

我告訴知恩後，她冷不防的說：「那是他的校友會，為什麼要讓妳穿新衣服和化妝？妳是賢南哥的飾品嗎？」

啊，原來就是這個，我這時才明白自己不自在的原因。我輾轉難眠，苦思了一整晚，最後決定向你表達我的想法。我非常小心翼翼的對你說，如果衣服可以退貨，我希望能退掉，也不去美容院。雖然很感謝你邀請我去參加校友會，但我希望能穿自己的衣服，畫平常的妝，用原來的樣貌出席。如果場合不適合以這身裝扮參加，那麼很抱歉，我必須婉拒。因為說話時過於緊張，我把指緣的死皮全都摳下來了。

出乎我的意料，你很平靜地接納了我的意見。「仔細想想，這個場合的確可能會造成妳的壓力，這次我就自己去吧，明年妳再考慮能不能同行。」我吐出了一口長長的氣，總算安心下來。「不過，這是知恩要妳說的嗎？」那時，你曾這樣問我吧。當然知恩確實說了一些負面的話，但我心裡也一直存有芥蒂，最重要的，這是我做的判斷。儘管我回答這是我個人的想法、我一個人做的決定，但你好像沒有聽進去。

你瞇著雙眼、眉頭微蹙，兀自陷入沉思，然後點了點頭。那是你不高興時特有的表情，竭力遏止自己發火的表情，又像是在訴說「向妳追究有什麼用？」的表情。你又露出老是讓我必須看你眼色的表情說：「當然不是知恩叫妳這麼說的啊。妳現在會認為這是自己的判斷，但妳是以什麼根據做出那種判斷？妳一定對知恩提起校友會的事了吧？我可不認為知恩會說出什麼好聽話。」

我沒辦法立刻解釋清楚，又害怕你會說要分手。如果沒有你的幫助，我能安然度過學校生活嗎？能維持我的日常運作嗎？我感到害怕。再說了，已經有太多人知道我是「姜賢南的女朋友」。你不也知道，一旦校園情侶分手，會有什麼樣的傳聞，又會遭受到何種眼光，對女生尤其如此。

我問你：「你生氣了嗎？」

你卻突然大聲嚷嚷：「我沒生氣！」在我說到「原來你生氣了，但這是一場誤會，我……」時，哐！你用力拍了一下桌子：「我沒生氣！幹嘛一直說我生氣？就是因為妳這樣講，我的火氣才會上來！」

你經常會突然擺臭臉或提高嗓門，我問你是不是生氣時，你就會反駁說沒有，是因為我說你生氣了才發火，怪罪到我頭上，但世界上有一邊說「我生氣了！」一邊發脾氣的人嗎？擺一張臭臉大吼、拍打桌子就是在發脾氣啊，那就叫作發脾氣。

不過你的心情很快就平復，並給了我忠告：「妳現在已經不是小孩子了，妳覺得為什麼會有人脈或學緣[1]這些說法？妳要慎選來往的對象。我希望妳能重新評估一下知恩這個人。」後來你再也沒見過知恩，剛好隔年知恩去當交換學生，在這段時間內你也畢業了，我和知恩也自然斷了聯繫……你應該這麼認為吧？我只是沒在你面前提起你討厭的知恩罷了。

知恩去當交換學生時，我偷偷申請了一個電子郵件帳號，持續和知恩通信。放假時我還去了加拿大，兩人一起旅行了半個月。沒錯，就是我說去拜訪阿姨的時候。我沒有什麼住在加拿大的阿姨或表姐，照片中的女學生不是我表姐，而是知恩的室友。你說跟我長得一模一樣吧？她是中國人。

◇

以前你幾乎等於是我的監護人。我生平第一次和父母相隔兩地，隻身在異地生活，經常感到孤立無援、不知所措，你真的幫了我很多忙。不，你幾乎一手包辦了。在我們交往的十年間，我一共搬了兩次家。起初從學校宿舍搬到外面住時，我非常茫然無助，因為爸媽都要工作，又是晚年得子，不可能上來首爾替我打點，我也不想長這麼大了還依賴父母。

你發覺我想獨力解決一切，說了一句：「女生不該一個人去看房子。」甚至向公司請了假，陪我去找要住的房子，真的很謝謝你。我一心想找房租便宜的房子，但它們不是位於人跡罕至的山坡上，就是在偏僻巷弄，跟著仲介大叔走進漆黑的空房時，我都會暗自覺得好險，心想要是沒有你該怎麼辦。智瑜在找出租套房時，不是有個只見過一次的仲介大叔一直打電話騷擾、傳訊息說要交往，她還因此換了手機號碼嗎？女生告訴別人自己是一個人住真的非常危險，也幸虧有你替我出面，替我和房東交涉房租、壁紙、修繕房子、防盜裝置等。

尤其現在住的第二間房子窗外景色很棒。爬牆虎的藤蔓沿著對面屋子的牆面蔓延垂掛，儘管被建築物遮蔽許多視線，仍能瞥見另一頭的公園。雖然你說可能是位於公園附近，有很多飛蟲，而且好像有股腥臭味，但我非常滿意，我非常喜愛那被你形容為腥臭味的隱約青草香和泥土味。

接受你的建議，搬到這個離你公司很近的社區真是做對了。因為你下班時間很晚，不是經常覺得還要約會很累嗎？反正我回家順路，到你公司見一面也很方便，而且我就住在這一區，你不必特地送我回家。偶爾加班時，你也會在我家過夜。雖然長期下來，感覺這房子對你的好處好像更多，但我也覺得很不錯，我們就像一對新婚夫妻。你放在牙刷架上的牙刷、置物架上的拋棄式刮鬍刀、收在五斗櫃內的一套七分運動服和幾件內衣……我沒有辦法還給你，但也無法收藏它們，所以來之前都先扔掉了。對了，我今天會搬家。

1 以同校前、後輩關係所形成的人脈。

假如我說，我在沒有你的陪同下，自己去找房屋仲介退租、看新房子、預約搬家公司，也做好了搬家準備，你會相信嗎？登記簿謄本和建築分類帳也確認了。在簽約時、中期付款、結清尾款時，一共確認了登記簿謄本三次。

要搬進去的全稅屋恰好是空房，所以我做了一點簡單的ＤＩＹ裝潢，像是貼壁紙、紋路貼皮、釘置物架和安裝壁櫥等。我獨自在網路上購買材料，親自拿著工具去敲敲打打。雖然過去你說我的手會受傷，一根釘子也不讓我碰，但其實我很喜歡動手做東西，因為我父親的嗜好就是用木頭製作家具。現在老家客廳的桌子、廚房置物架、餐桌、妹妹的書桌、貓爬架都是父親親手打造。我自小耳濡目染，經常在父親身旁幫忙鋸東西、敲鐵鎚和刷油漆。好久沒有觸摸木頭了，感覺真好。那時你是基於擔心我才這麼說，我也不好直說可以自己來。

寫完這封信、回去後，搬家公司的員工應該也差不多打包好行李了。聽說今天就會有新房客住進來，所以請別白費力氣跑到我先前的住處。當然你應該不會這麼做，不過也請別跑到圖書館找我。其實，我現在是留職停薪。

我正在學習從未接觸過的全新領域，雖然要詳細說明有點複雜，總之我在為某些事做準備，目前是留職停薪的狀態，也說不定會辭掉工作。我並不討厭我的工作，那是個完美得無可挑剔的工作環境。

對喜愛書籍的人來說，還有比圖書館更好的工作環境嗎？更何況還是公務員。這都多虧了你，你說有一種司書職的公務員很適合我的個性，工作又穩定，非常積極的向我推薦。你常說，就算不當公務員，也希望我擁有一個能按時下班的職業。我心想，大概是因為你的工作總是加班到很晚，覺得很辛苦的緣故，但你說不會，自己的工作很不錯，「因為我很晚下班，所以妳早點下班比較好啊。」但你那疲憊的表情在我的腦海揮之不去，最後我按照你說的，著手準備考司書職公務員。

準備考試並不容易，尤其我很晚才開始雙修圖書館學系，必須再多讀一年大學，我感覺很吃力。儘管念書本身對我是種負擔，但相較之下學費的問題更大。你也知道，我們家在經濟上並不寬裕，原本就有大半學費需要靠獎學金、助學貸款，大部分生活費也要靠打工補貼，我實在無法開口要求父母再資助我一年。

那一年就像在進行極限挑戰，白天要上課，沒課時就專心準備考試，晚上從補習班講師、服務生、收銀員到活動助手，我能做的全做了，那年考試卻以落榜收尾。聽到我說下一次要降低目標去考九級公務員，你數落了我一番。雖然你很受不了輕言放棄、容易滿足的我，但其實當時我也有些受傷。你一分錢也沒有補助我，卻不知道對我說過多少次「買這本書吧」、「買那本書吧」、「聽這堂課吧」、「考這項考試吧」……

打工加上讀書，再度蠟燭兩頭燒的一年宛如地獄。假設這次又落榜，把時間都耗在準備公務員考試的我還能做什麼？會有我能做的工作嗎？能把助學貸款還清嗎？我感到孤單無助。

你察覺了我如坐針氈的心思，於是說：「我沒想到妳是這麼軟弱的人，這樣我沒信心能和妳組成家庭，穩定的走一輩子。」

當時我有口難言，自從你說了這番話，我的不安感達到巔峰，如果不服藥就無法成眠。我好像吃了六個多月的藥，那時你還在我的房間看到藥袋呢。還記得嗎？當時我說那是感冒藥。你說我既沒咳嗽，也不到全身無力的程度，吃什麼藥？要是吃藥吃成習慣就不好了。後來你說要去上班，出門後又買了粥、橘子和維他命回來，冷不防的遞給我，接著你像是感到難為情，頭也不回的走了。粥、橘子和維他命我都乖乖吃了。雖然這句話來得這麼遲，但很謝謝你。不過，那並不是感冒，那些藥物是鎮靜劑和睡眠誘導劑。

當時我一事無成，要念書又要打工，忙得幾乎斷絕了所有人的來往。我不是和家人分隔兩地獨自生活嗎？能夠信賴和依靠的人真的就只有你了。再說，真不曉得為什麼我會覺得自己年紀很大，沒辦法找到工作的同窗一直在延畢，而前輩則說早一歲算一歲，要我隨便找個工作，還有一個認識的姐姐說要去念教育大學而重考。

「這樣好像會更快一點。」那位姐姐的話語深深扎進我心底。

當時你經常在嘴邊掛著「女人到二十五歲就凋謝了」的玩笑話吧？雖然我裝作若無其事的笑了笑，內心卻非常不安，感覺我的人生真的就此結束了，不可能碰上新的人事物，也不會有新的機會。

但時光荏苒，如今回首，當時我似乎是太年輕了。最重要的是，比我多上五歲，當時三十歲的你竟說我「凋謝了」，如今年屆三十的我回想起來，覺得真是滑稽得可以。

我卯足全力讀書，你則仔細替我安排了補習班和讀書時間表，替我管理成績。連我父母都不曾拿成績來嘮叨或發脾氣，沒想到生平第一次從你口中聽到叫我讀書這種話。

從考前一個月開始，你每天都會配合補習班的下課時間接送我到讀書室。當時你工作正忙，要配合我的時間下班還得看他人眼色，你還說開父親的高級轎車到處跑很有壓力，但為了我仍欣然承受一切。我上午要打工，下午又要時時繃緊神經聽課，不免又睏又累。你擔心我回家後會先躺到床上、不小心睡著，而且也很難專心念書，所以每天都接送我到讀書室。雖然真的很感激你，但其實我很痛苦也很疲憊，我們當時不是經常吵架嗎？

只要我說不想準備考試，也不想當圖書管理員，你就會說：「這都是為了妳好。」我無話可說，其實我通過考試、找到工作、成為公務員，終歸都是我的事，但如果又聽到你補上一槍：「我為了妳付出這麼多，妳連自己該念的書都沒辦法念嗎？」當下真的啞口無言，想說的話無法說出口，只能鬱積在心底，所以身體健康也持續惡化。

有一次補習班下課後，我沒有走到你停放車子的停車場，而是直接從小門出去。對我而言，那是一次很強烈的叛逆行為，可是你知道我有多驚慌失措嗎？想到我必須搭你的車到讀書室前的紫菜飯捲餐廳，按照你指定的餐點吃一頓遲來的晚餐，然後被你踮著走進讀書室，那真的比死還痛苦，所以我才逃走的。

但我真的不曉得該怎麼做，沒有一個地方能避開你。我當時所知道的場所就只有我家、紫菜飯捲餐廳、讀書室，我們偶爾一起去念書、位於讀書室前的咖啡廳……真不曉得為什麼其他地方一個都想不起來，我絞盡腦汁，好不容易才想到電影院。

我只是隨便挑了一部剛好播映的電影，買了一張電影票，走進放映廳。大概過了半小時左右吧，你嗖地一聲坐在我身旁的座位。起初我還胡思亂想，是別人嗎？我看錯了嗎？是我太過緊張所以出現幻覺了嗎？等到我發覺真的是你時，吃驚得連尖叫都叫不出來。

你靜靜看著全身凍結的我說：「既然錢都付了，看完電影再說吧。」

就算那裡和補習班距離很近，但為什麼偏偏是那家電影院？你又怎麼知道我去看哪部電影？我內心充滿詫異和疑惑，但那些想法稍縱即逝。我一面看著電影，一面想著搭你的車回家時，可以用什麼理由說明我的叛逆行為，腦袋變得一團亂。因為你肯定會問我為什麼要那樣做。可是那天你並沒有責怪我，也沒有追問原因，就好像我們結束了電影院的約會般，泰然自若的送我回家。

「仔細想想，我們好久沒看電影了呢。為了準備考試，連個像樣的約會都沒有，妳一定悶壞了吧？我們偶爾也像這樣看場電影、吃點好吃的吧。」

當時的我就像個傻瓜，一句話也說不出來，只能默默流淚。

那天我們也沒有去紫菜飯捲餐廳，而是吃了排骨湯。你說我的身體太虛了，要請我喝肉湯。我幾乎一口也吃不下去。首先，我心裡覺得很不舒服，而且，我討厭排骨湯。你經常說你喜歡吃雪濃湯配燒酒、性格簡樸又豪爽的女生吧？可是雪濃湯很貴的，而且我不怎麼喜歡水煮肉，肉當然是要烤的才好吃啊！你老是提議說要吃雪濃湯、排骨湯，要是我不怎麼吃，就會叨念我挑嘴，最後形成惡性循環。我並不是挑嘴，只是你說要讓我補身體而請我吃的食物不合口味罷了。我說了好幾次，你卻只當成耳邊風。我再說一次，吃肉還是用烤的才美味。明明只是口味差異而已，真不曉得為何當時無法坦坦蕩蕩的說出來。

後來才知道，你是看了我的信用卡交易紀錄才跑到電影院。過去我們分享所有的帳號與密碼，把彼此的學號、員工證號碼、身分證字號當成自己的背下來。一方面是基於方便，而且也把知道彼此的資料視為理所當然，沒想過要特意更改。而且那時我不是沒工作也沒有朋友嗎？要是我有個萬一也沒人知道，但你對我的個人情況瞭若指掌，所以一方面也感到很安心。

我們太缺乏私生活，也對彼此太沒有戒心了。我的帳號與密碼全都更改了，本來還擔心自己能否記住所有的網站，因為那些都是當下有需要才加入會員的，沒想到最近有個網站能夠告訴你曾經加入哪些網站。這個世界真的很便利吧？當然我會努力避免自己去用你的帳密，不過我也無法完全信任自己，所以希望你也能改掉密碼，順便趁這次機會整理一下不用的帳號。

◇

浸濡在書本世界的時光十分幸福。不管怎麼說，在圖書館工作久了，也自然而然的會接觸、閱讀各式各樣的書籍，但工作要比想像得繁重。你也曾擔心過，每當圖書館舉辦活動，我就得經常加班、週末上班，往後要怎麼養育孩子呢？你說你的職業需要頻繁加班，所以希望我的工作能早點下班，盡可能親自照顧孩子。

你很喜歡孩子。就算在餐廳或公共場合看到孩子大聲哭鬧，弄得身邊的人手忙腳亂，你也從不曾皺過眉頭，好像覺得連孩子的那副模樣都可愛到不行，臉上充滿微笑。看到這樣的你，我都會不禁思忖，你都能如此疼愛別人的孩子了，又該會多麼寶貝自己的孩子呢？你經常說，兩名手足是你可靠的支柱，所以將來要生三個孩子。

其實我一直有個難言之隱，就是我不打算生孩子。若你追問我原因，實在多到在這寫不完，但最重要的是，我不想讓生兒育女中斷我的職涯。我的人生一路走到這裡，感到非常疲憊，因為過去只顧著埋首苦讀，幾乎沒有任何青春回憶。由於家庭經濟狀況不允許，我沒辦法上補習班或請家教，要想憑自身力量達成一切，除了投資更多的時間外別無他法。就算走在路上時，我也會同時解數學題。至於大學生活，你也知道的，念書、打工和求職準備就已經忙得我暈頭轉向。光是全心投入準備公務員考試就足足耗費了兩年，分發後則是經常性的加班、週末上班，我感覺自己像被踐著到處走。

直到如今，我才得以稍微回顧、計畫自己的人生，憑自己的力量活下去，想做的事也不少。我無法放棄自己的人生，也沒有生小孩的計畫，再加上你會滿懷期待的說什麼「小姜賢南」或「海浪姜氏[2]第十二代孫」，但我既不是海浪姜氏，也不想擔起傳宗接代的責任。

過去你總把生兒育女的人生說得太過理所當然，導致我無法說出這些話。因為你提出的問題不是「妳覺得生孩子好嗎？」而是「妳覺得生幾個孩子好？」；不是「妳能帶孩子嗎？」而是「妳能自己帶小孩幾年？」。我經常用「還沒想過這問題」來迴避，你因此覺得我很沒出息，質問我怎麼可以活得這麼漫無目的。但是，賢南哥，孩子又不是你一個人的，也不是你養，你有什麼資格擅自制定這些計畫呢？真正沒出息的不是我，是你。

◇

你首次向我求婚時，我非常驚慌失措，我沒想到你會像逢年過節時，叔叔見到久違的姪女般說出「妳也該結婚了吧？」來向我求婚。假如叔叔真的那樣對我說，我肯定會感到無比厭惡。

你說：「妳知道的，那種捧著花束、屈膝下跪的浪漫把戲我做不到，我只說重點，我們結婚吧。」你好像以為自己很有男子氣概，但那是你自我感覺良好，真正被求婚的我一點都不覺得開心。無論是求婚、建議或請求，不是提出的一方自己高興就好，而是接受的一方覺得開心滿意，才可能會答應吧？

我也不期待什麼氣派華麗的求婚儀式，只是我討厭你好像是委屈自己和我結婚、你已下定決心而我只要點頭答應的那種語調，我也很討厭彷彿被風浪吞噬般，還來不及思考就決定人生

2 朝鮮半島具有氏族概念，稱為「本貫」，延續相同父系血緣的宗族，被視為朝鮮族人名的一部分，如慶州金氏、金海金氏等。本文中的「海浪」應為作者虛構的地名。

大事。

附帶一提，我覺得也沒必要把「浪漫」想成是噁心彆扭到做不出來的行為吧？我們對情人節、白色情人節等紀念日嗤之以鼻，從來不曾計算或慶祝過交往幾天或幾年，雖然無法準確記得是從哪一天開始談戀愛，但只要有心還是可以慶祝的。明明可以用有趣一點的方式約會，表達對彼此的愛意，藉這些機會享受一下，為什麼我們就做不到呢？

儘管如此，我們還是經常騎自行車到處旅行，因為我們都喜歡騎自行車。東海岸自行車道很棒，春川天空自行車道也很棒，濟州島登山也很有趣。啊，還有蟾津江自行車道真的很美，在陽光照射下閃爍的河水、迎面拂來的微風和風的味道都還讓人記憶猶新。在罌粟花田小徑時，我們運氣很好，碰上花朵盛開的時節。那是我生平首次見到罌粟花，所以覺得好神奇，吃到的食物也都很美味可口。

除了自行車之旅，好像就沒留下什麼特別的記憶了，平時就只是很制式的約會，吃飯、看電影、喝啤酒、做愛。老實說，我也曾經有過你是不是為了做愛才跟我交往的想法，但如果要這樣講，你表現得也沒有多好……

再加上你說要一起搬到釜山、結婚後要穩定生活。分發後必須南下的人是你，不是我吧？還有，結婚後到釜山，你不僅有工作也有家人，當然很穩定啦，對我來說卻不是如此。「妳也重新分發到釜山不就好了？」公務員不是自己想分發到哪個區域就能去的。說起來，明明只是一知半解，你卻講得斬釘截鐵的情況還真是不少。

如今我才知道，你是基於調職的可能性很高，才要我當公務員。真的很無言，你好像完全把我當成你人生的附屬品了，但我也有自己的人生。順帶一提，我正在準備離職和上課，上課地點在首爾。至少在課程結束前會先住在首爾，之後再按我的想法決定要住的地方。

我原本打算，反正你討厭的朋友只要偷偷聯絡、悄悄見面就好；在餐廳點餐時也是，反正你也從不問我的意見，總是按自己的意思，我也依你，同時用力告訴自己這些都不重要，你覺得好就好，盡量拋到腦後，但內心的某個角落已經產生懷疑。在社會上打滾，遇見各式各樣的人，見識到更寬廣的世界後，我才看見了自己的面貌——原來我的人生，一直都不是遵循我自己的意志。

重新決定自己的職涯，準備轉換跑道之餘，我感到憂心忡忡。我該如何、該在何時告訴你？還是乾脆繼續隱瞞下去比較好？直到聽你提起結婚的話題，我頓時清醒了。和你結婚之後，我們成為家人，共享所有時間與空間，倘若必須遵守法律上對彼此的義務與責任，我還能這樣過活嗎？還能繼續躲躲藏藏、找理由搪塞過去嗎？仔細想想真的很可怕，我好像做不到。不僅無法辦到，也不想演變成那樣。

我再說一次，我拒絕你的求婚，也不願意再以「姜賢南的女人」活下去。你可能會以為是缺少了煞有其事的求婚儀式，我才卻步不前，但並非如此。我都已經鄭重否認過，真不懂你為何老是這樣說。我想過我的人生，不想和你結婚。認真談起結婚話題後，令我反感的一切都變得鮮明起來，包括過去你不尊重我是獨立個體，以愛為名替我套上的桎梏和輕視，還有害我變成了既無能又小心眼的人。

你並沒有照顧什麼也不會的我，而是害我變成了什麼都不會的人。你把一個人打造成笨蛋，隨心所欲的指揮來去，覺得很開心嗎？謝謝你向我求婚，才能一語驚醒我這個夢中人。姜賢南，你這個王八蛋！

作家筆記

打上驚嘆號後，我盯著最後一個段落許久，開始擔憂：假如姜賢南跟蹤我怎麼辦？如果他偷拍了照片或影片怎麼辦？就連腦袋出現這種想法本身，都令我感到苦澀萬分，因為在現實生活中，這種情況確實屢見不鮮，不是嗎？

我經常思索有關「身為女人而活」這件事，經常對大家所說的無可奈何、沒什麼大不了、視為理所當然的事產生懷疑。儘管我不相信「大家從此過著幸福快樂的日子」的完美結局，但我也願意相信，那種完美結局絕對不會只是天方夜譚。

崔恩榮

최은영 © Choi Eun Young

1984 年生於京畿道光明市。2013 年獲《作家世界》新人獎，正式踏入文壇。曾獲第 5 屆青年作家獎、第 8 屆青年作家獎、第 8 屆許筠文學作家獎、第 24 屆金俊成文學獎。著有短篇小說集《祥子的微笑》。

你的和平

善英一言不發的坐在沙發上，不帶半點妝容的臉龐沒什麼表情。今天是善英首次到未婚夫俊昊家作客的日子。

「要不要給妳一點喝的？柳橙汁怎麼樣？」

俊昊開口詢問，善英點點頭。俊昊從冰箱取出果汁，倒在杯子裡，端到善英面前。

俊昊的姐姐宥真靜靜凝視著善英。

「放輕鬆。」宥真說。

「是啊，妳什麼都不必做，只要坐著吃好吃的，休息一下。」宥真的爸爸露出其特有的和善笑容。

善英啜飲一口果汁，將視線轉移到廚房那邊。俊昊的媽媽靜順正在廚房內忙碌的準備晚餐。

「那我來擺碗筷。」善英站起身說道。

「不用了，來者是客，妳坐著就好。」聽見宥真略為果斷的語氣，善英再次坐了回去。

「只剩一個月左右了吧？」宥真一邊擺桌，一邊詢問俊昊。

「對啊。」

「要工作又要籌備婚禮，一定很忙吧？週末還要忙著發送喜帖，卻這樣唐突的叫妳來……」

宥真向善英說道。

「今天是伯父的大壽之日，當然要來道賀啦。」善英回答，「還有，大姐，您說話別這麼見外。」

宥真看著善英尷尬的從座位起身、露出為難的表情。

自從奶奶過世後，爸爸的生日總是在外面餐廳慶祝。最主要是爸爸想吃外食，因為每天吃家裡做的飯已經吃到怕了。原本以為今年也會順理成章的去吃豬排和生魚片，沒想到靜順很堅持要在家裡吃飯。邀請善英來的人也是靜順。

◇

宥真的家人是在一個月前初次見到善英，是在俊昊與善英雙方家長見面的場合。相見禮在一家歷史悠久的中國餐廳舉辦。在牆面裱褙米色壁紙的方形房間內，可以透過偌大的窗戶飽覽南山景致，天花板的燈飾隱約照亮了整個房間。儘管包廂有些歷史，但並不遵循時下流行，也重新裝潢過，看起來很乾淨。

「打從善英母親出生前，我們就經常來這兒。」善英的爺爺說道。他竭力擠出笑容，臉上流露出擔心會惹男方家人不高興的恐懼。他的太太，善英的奶奶也露出相同表情，兩人連一個細微的表情、一句話都經過小心揀選。

坐在旁邊的善英則態度沉穩、理直氣平，不為了要討對方歡心而勉強賣笑，有話想說時，也會有條不紊的表達自己的意思。

穿著灰色套裝的善英將中短長度的頭髮繫在後方，戴著一副眼鏡，只上了點淡妝，身上沒有配戴任何飾品。宥真可以猜到為什麼俊昊會被善英吸引，甚至下定決心要走到結婚這一步。善英看起來是個端正耿直的人。

「雖然我們悉心養育善英，不過孩子在沒有父母的情況下長大，尚有很多不足之處。你們非但沒有挑剔這項缺陷，還寬宏大量的接納她，真是太……」善英的爺爺垂下頭，一時說不出話來。「我們善英，就拜託你們了。」

在爺爺說這番話時，善英的表情一直很僵硬。

「這哪是什麼缺陷呢？我們才要感謝您給了我們一位如此美麗動人又聰明伶俐的媳婦呢，過去您一定很辛苦吧？」宥真的爸爸笑著說，高粱酒下肚後的臉變得紅通通的。

在善英的爺爺、奶奶如此低聲下氣的同時，靜順一句話也沒說，滴酒未沾的臉蛋起了紅暈，視線則落在盤子上。幾句寒暄之後，她便一直沉默不語，靜靜用餐。坐在對面的善英並未將這份沉默往心裡去，若無其事的和宥真及宥真的爸爸對話。

靜順首次開口，是在談到有關婚禮規模的話題時。雙方舉辦相見禮之前，就已經決定好要舉辦雙方各邀請五十名賓客的小型婚禮。

善英正在講有關婚禮餐廳的事，靜順打斷了她：「再怎麼說，兩家都是第一次有子女結婚，比照其他人的方式辦理比較好吧？光是我們一家的親戚就有四十位了，不邀請他們也很失禮。」

「妳老實待著，這是兩個孩子要結婚，又不是妳要結婚。」宥真的爸爸輕聲斥責。

宥真看著善英面無表情的望向靜順。

「可是……」

「妳也真是的！」

善英爺爺觀察靜順的表情，說：「親家母如果另有打算……」

「不要緊，您不必在意她說的話。」宥真爸爸說。

看著善英爺爺自掏腰包結清餐費，靜順卻連一句謝謝也沒說，逕自走出中國餐廳，彷彿自己擁有這點權利似的。

善英與家人離開後，宥真坐上俊昊車子的副駕駛座，父母則坐在後方，有好一段時間四人都沒有說話。

直到經過南大門時，爸爸才率先開口：「這孩子很精明幹練，也很有禮貌呢，家裡教得很好。」

「她是個聰明的女孩，大學是第二名進去的，畢業時是第一名，她不僅勤奮向上，心地也很善良。」俊昊說，「是我運氣好啊，想來想去還是這麼覺得。」

「你真的只要兩隻腳走進去就好了耶，善英有自己的公寓，家具也一應俱全，你這是哪來的福氣啊？」宥真說。

這番話雖是向著俊昊說，實際上卻是說給靜順聽的。她透過後照鏡看到靜順闔上雙眼，將頭倚靠在車窗上，抿得緊緊的兩片薄唇看起來很討人厭。

「你真的要好好對待善英。」宥真說。

◇

「這是給伯父的生日禮物。」宥真看著善英將一個百貨公司購物袋遞給即將成為公公的爸爸，「一點小意思。」

爸爸撕開包裝紙，打開盒子，是一套適合春秋季節的高爾夫球裝。

「以後別再買這麼貴重的東西了，這應該花了不少錢。」儘管他嘴上這麼說，欣喜之情卻溢於言表。

「怎麼樣，適合我嗎？謝謝，果然媳婦要比子女強多啦。」

宥真看向俊昊，他正望著爸爸喜孜孜的模樣，彷彿比收到禮物的當事人還高興。

善英是俊昊第一次介紹給家人認識的女朋友。

「我怎麼想，還是覺得不滿意。」聽到俊昊有女朋友後，靜順打電話向宥真訴苦。「社區的其他太太們說啊，兒子的女朋友都等到要結婚了才登門拜訪。俊昊也是，打從跟她交往後就很難見上一面，整個魂都被那女孩勾走了。」

「我現在正在上班，別在我上班時間打電話來。」

「不找妳講，我還能跟誰說啊？」

「先這樣。」

把手機設定成靜音後，靜順依然不停打電話來，宥真雖然看到有未接來電，但也沒有回電給母親。

「我就只有妳了。」這是宥真多年來不斷聽到的話。

打從五歲有記憶、約莫從六歲開始，宥真就對靜順產生了一份責任感。每當她睡午覺醒來，就會看到年輕的靜順凝望著自己。有時是剛哭完、眼睛還紅腫著，有時是當下正在哭泣，但最讓人害怕的，莫過於靜順皺著一張臉靜靜看著自己。宥真心想，要是媽媽一時起了邪念，可能會殺了自己。

為了讓靜順高興，宥真用盡各種辦法。她將在學校發生的事加油添醋，把它說得趣味橫生，或者找出靜順的笑點，做出類似的行為舉止。當靜順的臉上浮現笑容，宥真的心中便有一股涼絲絲的安心感。

不知從何時起，靜順開始把宥真當成發洩情緒的垃圾桶。宥真很愛自己的母親，所以對她的痛苦總感到心如刀割。宥真從靜順口中聽說奶奶會在四下無人時說哪些話，而爸爸又是如何把靜順當成隱形人對待，還有與爸爸結婚帶給了她什麼痛苦。

「妳是個心思細膩的孩子。」靜順說。她的話乍聽之下沒錯，因為宥真自小便在內心挖鑿了一個很深的洞，將無法向他人訴說的言語全都埋藏起來。

我還能向誰說呢？

還有誰會聽我說話？

靜順如此說道。兒時彷彿肯定自身存在的那句話，隨著時間流逝，成了勒緊宥真的枷鎖，即便弟弟出生後仍是如此。靜順不會在兒子面前細數那些折磨自己的痛苦，因為她認為不能給兒子添麻煩。

「我認為妳母親是個知情達理的人，」他說，「一輩子服侍婆婆，從未起過衝突，又是先生的賢內助，也把兒女教導得很好。」

「怎麼樣叫作知情達理？」宥真問。

「不會把自己放在第一位，還有為家人犧牲，我認為這是優點。」

「媽並不幸福。」

「依妳的標準來看肯定如此，妳是用自己的標準來判斷延續下來的傳統。」

「我說，媽並不覺得幸福。」

「但妳不是因此過得很好嗎？有媽媽在家裡替妳做飯，讓妳過得舒適自在，不是嗎？」

「……」

「妳不會了解的，回到沒有媽媽的家是何種滋味，生長在必須靠雙薪才能勉強生活的家又是什麼感覺。我不想把那種經驗傳承給我的孩子。」

他口中「知情達理的太太」、「知情達理的母親」究竟是什麼意思？再三隱忍，對男人的所作所為不加以評論，讓男人與孩子過得安穩舒適，忽視自身欲求去滿足他人，因為沒有主見或主張薄弱，所以無法和他人起衝突的人……每當他的口中說出「知情達理」這個字眼，宥真都會心生排斥。

過了晚上九點，靜順又打來。

「再怎麼說，女方連條棉被都沒帶來，這像話嗎？」靜順說。

俊昊雖然有在工作，仍沒存到什麼錢，但舉辦這場婚禮，俊昊只要兩袖清風的走進善英家中就行了。善英所繼承的二十四坪公寓內家具和用品一應俱全，可是靜順仍認為女方省略禮單和禮物[3]是對自己的無禮行徑。

「媽知道現在自己講的話有多不可理喻嗎？」

「可是……」

「媽，妳再這樣的話，我要生氣了。」

「這根本就是不把我放在眼裡啊！婚禮也還在過節前舉辦，說過節時要去蜜月旅行，好不容易娶媳婦進門了，過節時卻只有我一個人幹活，也不能靠媳婦享享清福，這件事說出來會被大家罵的。」

3 根據韓國傳統婚禮習俗，男女需分別送禮給對方，女方準備給男方稱為「禮單（예단）」，男方替女方準備的稱為「禮物（예물）」。

宥真凝視著自己映照在車窗上的臉孔，不僅浮妝得很嚴重，整個人看起來蓬頭垢面。她將手機貼在耳朵上，一心等待靜順說完話的那一刻。這是個漫長難熬的一天。年紀越往三十歲中段攀升，體力就越每況愈下，過去能靠意志力撐下來的事，現在卻經常力不從心，不管再怎麼辛苦也哭不出來，四肢動不動就僵硬發麻。

宥真想對靜順說，她也有自己的人生，有自己必須面對的困難，媽怎能如此獨斷獨行？

「女人讀到博士有什麼用？都去留過學的人，怎麼可能守身如玉……」

宥真掛斷電話，用手掌心包覆住臉頰。

「那裡頭不知道還有幾個是處女。」每當電視上有女藝人出現時，靜順就會說這種話。明明在和丈夫有初次親密關係前，在性方面極為無知，她卻十分洋洋自得。「要是都給了男人，男人會變心的」、「男人跟女人不一樣，沒辦法控制自己的性慾」，年輕時的宥真將那些話聽在耳裡，覺得擁有性慾的自己宛如怪物。

宥真還記得在她二十歲那年，中年女演員們在電視節目《清晨庭院》所說的話。她們將有過同居經驗的女人比喻為「別人吃完後丟棄的甜瓜」、「穿過後丟棄的襪子」，比起那些話，真正帶給宥真傷害的是當時媽媽面露微笑、對著電視頻頻點頭稱是的模樣。

媽，我不是什麼甜瓜，也不是襪子，我是個活生生的人，宥真暗自想道。

她在二十八歲時搬出家裡，現在居住的三十年老公寓是在三十三歲時以半全租[4]的方式遷入，搭地鐵到公司要四十分鐘，到父母家則要花上一個半小時左右。自從和媽媽分隔兩地居住，宥真才徹底向慢性偏頭痛告別，頻繁出現的急性消化不良也沒了，只要手輕輕一碰，胸口像瘀青般疼痛欲裂的症狀也消失得無影無蹤。

為了擺脫媽媽，宥真必須盡全力變得冷血無情。她還記得，靜順看著自己和裝載行李的卡車一同離開時的瘦削身影。儘管她不斷安撫自己，子女長大、離開父母是天經地義之事，內心仍不免陷入拋棄母親的罪惡感。

獨立自主後，隨著時間的流逝，宥真得以退一步觀看靜順。沒過多久，她對靜順所懷有的罪惡感便轉為憤怒。對於媽媽把沉重的包袱壓在孩子瘦小孱弱的肩膀上，還有將媽媽逼至窮途末路的家人，宥真感到無比的憤怒。

◇

「請許個願吧。」俊昊說。

爸爸將蛋糕上的蠟燭吹熄。

祝您生日快樂，祝您生日快樂。

4 全租是繳一筆高額保證金後，租期間不需再繳月租，到期後可拿回保證金；月租是付一至兩個月保證金後按月繳租；半全租介於兩者之間，保證金較全租低、仍需支付月租。

每次到了爸爸的生日，宥真就感到有氣無力。儘管她不會在大家面前表現出來，她的心卻欺騙不了自己，一個勁的往下沉。奶奶還沒離世前，爸爸生日當天都會舉辦家族聚餐。露出欣慰表情的奶奶、叔叔、姑姑們、他們的另一半與子女齊聚一堂，一同慶祝家族長孫的生日。

奶奶過世後，聚會也悄悄的無聲無息了。

宥真的爺爺是名孝子，他將自己的太太視為家庭和自己母親的私家奴婢，而爸爸就在這樣的父親底下長大。對爸爸來說，自己的母親是世界上最需要憐憫的人，他希望能找一名可以補償母親的女人——一名代替母親扛起所有包袱、接下家中所有粗活的女人；一個陪沒有半個朋友的母親說話的伴，要一大早就起床準備沒有人記得的母親壽宴；一個能生下白白胖胖的孫子、教子有方的女人。爸爸是名領取高年薪的飛行員，他有資格得到那樣的女人。

爸爸到航空公司任職前，和朋友的妹妹靜順結為連理，婚後將住在老家的寡母接到新婚家中。他的角色就是每個月恪盡職守的賺錢回家，提供一個穩定的家，但對於自己應該成為什麼樣的丈夫，面對太太應該扮演何種角色卻絲毫不感興趣。這樣的人是宥真的爸爸、靜順的丈夫。

靜順娘家的父親在她出生一年後便過世了，母親憑一己之力管理和丈夫一同經營的布行，忙得不可開交，靜順自小就必須獨自回到空蕩蕩的家中，負責清掃、洗衣服和準備哥哥的飯菜。靜順覺得獨力撫養自己的母親很可憐，為了報答這份恩情而擔負起這些責任。但在宥真看來，靜順付出一切努力協助外婆，是為了乞求母親的愛。

為了讓母親開心，靜順與哥哥一位當飛行員的朋友結婚。打從一開始她就不相信建立在婚姻之上的浪漫愛情神話，她只是盤算著越年輕才越容易遇見條件好的男人，經過幾次相親後，她遇見了最無可挑剔的男人。

她想成為母親在布行工作時最欣羨的貴夫人，滿心以為母親的願望——期待她不必吃任何苦頭，只要靠丈夫按時賺回來的錢養孩子，衣食無虞的生活——將成為自己往後的人生。

與婆婆同住後，靜順隨即明白一件事，這家中的夫妻不是自己與丈夫，而是丈夫與婆婆，在丈夫與婆婆的關係中，沒有自己的立足之地。丈夫將所有薪水交給婆婆，婆婆則會給她生活費，並要求她每月記錄家庭收支。要是靜順買了自己的貼身衣物，婆婆就會斥責她奢侈浪費，質問她是否就是買這些東西，才讓自家兒子如此辛苦。哪怕是一張百元鈔票，也不能往娘家跑，每逢過節或娘家母親生日時，也禁止她回娘家。儘管生活費少得可憐，但餐桌上必須有丈夫要吃的肉類。久而久之，靜順變成錙銖必較的人。

聽其他飛行員的太太抱怨丈夫不常回家而感到孤單，靜順很訝異。在焦頭爛額的忙著料理家務、養兒育女之餘，她靜靜思索起「孤單」這個詞語。究竟什麼是孤單呢？她照顧著徹夜無法入睡、敏感得哭個不停的孩子，邊盯著牆面邊餵孩子奶水時暗自思忖。每到這時候，她才驚覺自己因太過習慣孤單，將其視為理所當然，所以就連孤單為何物都無法理解，難以名狀的淚水頓時覆滿臉龐。唯有懂得何謂「不孤單」，才能退後一步看待「孤單」，但這對她而言有如天方夜譚。

「妳是我唯一的朋友。」靜順經常如此對宥真說，「真是幸好有個女兒。」

一直都是宥真。當奶奶對靜順口出惡言，將她當成出氣筒，怒氣沖沖挺身反抗奶奶，還因此被爸爸甩了一巴掌的人；和靜順一塊準備祭祀的供桌，端送食物和酒給那些無禮的親戚的人；帶手腕和手臂韌帶斷掉的靜順去整形外科，說服晚上睡不好覺的靜順、陪她到精神科的人；當靜順沒來由的神經質，說出擊潰他人自尊心的惡毒話語時默默承受的人，全部都是宥真。

在她看來，靜順已經被大家所說的話洗腦，包括婆婆說她嫁給身為飛行員的丈夫可真好命，還有娘家的母親說哪裡去找有能力、不會打女人又不會在外拈花惹草的男人的那些話。無論自己的丈夫或婆婆對待靜順有多不合哩，她都無法正面頂撞。只要宥真代替出面，靜順就會顯得驚慌失措，還反過來訓斥宥真。

「奶奶說的話從來不會錯。」靜順經常這麼說。

如今她已無力應付靜順。婆婆過世、丈夫退休後，靜順過往未能消除的情緒有如雪球般越滾越大，她用瘦削凹陷的雙眼看待世界，就連面對芝麻小事也能大動肝火，總是以尖酸刻薄的口吻責難其他女人。

對這樣的靜順而言，唯一的救贖即是與兒子共度的時光。要是俊昊能抽空陪她去一趟百貨公司，她就會眼神散發光采地勾著俊昊的手臂，笑得闔不攏嘴。在靜順擔心孩子怎麼老是往外跑時，俊昊已經遇見了善英，兩人開始約會了。知道俊昊在談戀愛後，靜順每次都會打電話給宥真抱怨。

養孩子一點用也沒有。

真傷我這個做媽的心。

◇

「妳坐著就好。」宥真對走到廚房的善英說。

「讓我端個東西吧，這樣我會比較自在。」善英說。妳知道我的意思。善英用眼神向宥真示意。

「是啊，那把這餐桌上的東西擺到大桌子上，還有，看到那置物架上的杯子了吧？先倒杯水給爸爸。」靜順補充，「就算是一杯水也別冒冒失失的拿過去，記得要放在托盤上。」

「媽，妳別叫善英做事。善英啊，妳過來這邊坐著。」俊昊說。

「不是她說要做嗎？」

善英將放在餐桌上的食物放到托盤上，端到客廳，逐一將牛肉海帶湯、燉排骨、雜菜、放了雞肉的春捲、炒血腸、泡菜擺到大桌子上。

「好，大家開動吧。」宥真的爸爸說。

「媽，我不是說善英不能吃肉嗎？全部都有肉的話，她要吃什麼？」俊昊說，「我今天早上不是還特別打電話提這件事嗎？」

「沒關係，還有雜菜可吃……」善英說著，耳根也逐漸發紅。

「妳等等，我去煎蛋和拿紫菜過來，妳可以吃雞蛋吧？」俊昊說。

「你坐下。」靜順說。

「第一次招待妳來家裡卻沒有能吃的東西，這下該怎麼辦……」宥真爸爸吞吞吐吐的說。

善英白皙的臉上彷彿被人摑了一掌，泛起紅色印痕。

◇

宥真也碰過這種狀況。她到他家作客，卻只能侷促不安地坐著。他在父母生日那天邀請宥真，並說自家人是「感情和睦的家庭」，同時補充，家裡沒有一個人是壞人。

他和父母及姐姐同住在一個狹小的公寓，那個家只有一個小房間和一個客廳，他獨自使用小房間，剩下的家人則在客廳進行一切生活起居。

宥真從二十歲開始和他談戀愛，二十三歲開始進出他家，直到過了二十四歲才提起結婚的話題。當時他三十而立，覺得一切都很理所當然，畢竟男人已屆適婚年齡，兩人又愛情長跑多年。儘管如此，每次到他家拜訪完後，她在回家路上總覺得疲憊乏力，就像是自己身上的一部分硬生生被削掉。

在那個家中，宥真的未來依據他與他的家人而有不同的設計藍圖。儘管宥真上過大學，也上過女性學課程，她仍不由自主的在他家人面前表現出能替自己加分的言行舉止。她很努力想做到，也許是為了避免與他起衝突，讓兩人可以繼續走下去吧。宥真可以理解他說想帶「自己的女人」到父母面前、獲得他們肯定的渴望，她真正無法理解、乃至於不願回首的，是當時的自己。與他分手時，宥真二十六歲，他三十有二。宥真離開了他，原因很簡單。

她討厭他。

宥真回想，也許早在很久以前自己就討厭他了。但他一廂情願的認為是因為自己是個貧窮的男人，宥真才會狠心離開他，並且質問她是否終究無法與階級比自己低的人結婚。聽到這番話時，宥真稍微理解了為何自己先前無法離開他，這就像富有的女人毀了與貧困男人的婚約，她不想成為電視劇中的壞女人。

想擁有更多的女人，貪婪無厭的女人，她努力避免成為那種女人。一直以來，她學到施比受更有福，努力避免自己成為向男人要求什麼的庸俗之人，他卻始終認為，就連這種努力本身都是中產階級的一種虛偽意識。

兩人的關係開始出現裂痕時，他再度提起那時的事情。

「那一年在農村體驗活動時，妳……」

他一定知道，那個回憶會令宥真感到良心不安，因為她長久以來都是如此，因為她一直都是按照他說的話、他的信念去相信。他再度提起那個話題，宥真的心就在那一刻離開了他。

「繼續說吧，二十歲的我在那一年的農村體驗活動經歷了什麼，你按照事實說說看。」

他的臉上露出一抹輕蔑的嘲笑，「那是妳那個階級的侷限性吧？」

宥真在心裡整理好兩人的關係，在晚上回家的路上，腦海浮現當年不願站同一陣線的他，與不知所措又孤單的自己。

那是她第一次來到農村，打從太陽尚未升起就到田裡集合，直到正午之前都片刻不停歇的工作。宥真看到農夫們沒有半句怨言，默默做著農活，心底同時萌生敬畏與罪惡感。她對自己從小生長在中產階級家庭，從不曾做過一件粗活的自身階級特權感到羞愧，也為自己一直以來活在安逸中，對農民的人生袖手旁觀而感到痛心。

宥真很認真的參加農村體驗活動。晚餐時間，她在活動中心前和社團朋友們及村民一起喝燒酒和小米酒。準備酒席是農村女人負責的工作，宥真與其他女同學一塊幫忙，男同學們則和酒席上的男人們談笑風生。

「妳的皮膚怎麼這麼白皙呢？真漂亮。」村子裡的阿姨們不斷向宥真表示感謝，其中有許多心地溫暖的人，溫柔到令她想哭的程度。在短短的時間內，宥真感覺自己和村民們變得好親近。

可是，中間發生了不太尋常的插曲，像是自己被稱呼為「小姐」的時候，還有聽到「和年輕的女學生在一起，感覺酒更好喝啦」的時候。

現場有一名接近四十歲、沉默寡言的男人，屬於村子裡最年輕的一輩，他滿臉通紅，一頭短髮已經長過了該修剪的長度。

村子的男人經常打趣的詢問社團的女孩：「覺得那個小伙子怎麼樣？」起初雖然一笑置之，但有幾名男人持續說著這個老掉牙的話題。大家圍成一圈喝酒時，那個男人目不轉睛的看著宥真。

「他大概是喜歡小姐妳吧。」宥真還記得當時大家聽到這句玩笑話後哈哈大笑的場面。她覺得很不舒服，卻不能將情緒顯露出來，因為她認為在這個學生與農民攜手合作的場合不該涉及個人情感。她也不想表現出不悅，以免那個男人及他所代表的村民有遭人輕視的感覺。

農村體驗活動結束的前一晚，發生了那件事。

社團內部針對這件事討論它是否該歸類為性騷擾，就連沒有參與農村體驗活動的他也在那個場合上。會議變得很漫長，當時有超過半數以上是男同學，他們將該事件界定為「輕微的性騷擾」，並決定從下次農村體驗活動開始要進行反性騷擾教育。

因為當時沒有目擊證人，宥真只能反覆講述那一刻發生的事。看到社團成員個個掩飾不住「就為了這種事而折騰？」的表情，宥真的心受傷了好多次。

「是不是太大驚小怪了啊？這點事睜一隻眼、閉一隻眼就好啦。」耳聞幾名學長在自己背後說了那種話，雖然宥真很受傷，卻依然認為也許他們說的是對的，她一直認為是自己搞砸了大家費心準備的農村體驗活動。

起初聽到消息時，他對宥真發了一頓脾氣，質問她為什麼在大半夜獨自跑到沒人的地方。發完脾氣後，他又責怪自己沒有參加體驗活動，才會發生這種事。

於是宥真退出了社團。

學期快結束時，兩人不知為何聊起農村體驗活動，酩酊大醉的他說道：「老實說……妳是不是因為那個男人是個貧窮的農民，所以才更不爽？覺得那個男人侵犯到妳的階級領域？這就是妳這種中產階級的侷限性吧？才會最先看到那種微不足道的小事，而不是農民的現實處境。」

「微不足道？」

「大家都相處得很好，要向農民學習之處何其多，妳卻只想到自己的心情。妳要知道，比起那些人，妳站在多麼有利的立場上，不是每個人都能像妳一樣讀這麼多書。」

隔天，他為自己說話過重向宥真道歉。她接受了他的道歉，兩人仍維持男女朋友的關係，可是後來他又重提了好幾次農村體驗活動的事。宥真也是從他口中聽到有人說她引起紛爭。他總是慣性的數落宥真既敏感又缺乏社交性，令人擔心。

他怎麼確信我是這種人呢？宥真心想。他是想用自己的語言試圖說明我的所感所想嗎？他怎能那麼肯定，怎能如此自信滿滿的說我很容易被看穿？

直到年屆三十歲中段的現在，她依然無法理解他擁有的那份自信。

他們倆曾經一起到大學路的爵士酒吧聽音樂，點了兩杯對學生來說顯得昂貴的雞尾酒。有幾名中年女人在他們後方說說笑笑。

「那就叫作有閒情逸致的夫人嗎？」他回頭看，以輕蔑的口吻說道，彷彿自己有權那樣稱呼某人般。

他總強調自己是勞動階級出身，卻從不曾償還向宥真借的錢，還理所當然的讓她負擔大部分的約會費用。這樣的他、身為激進左派的他，居然說出這句話。

我是怎麼忍受他的？

每當回首已逾十年的過往，宥真都能體會到，漠視自己的真心讓她付出多大的代價。她凝視著自己年輕時聽到朋友們說「你們這對好像交往得很順利」時感到安心的表情，以及那些想著「這樣應該算是很好吧？這樣應該算是很順利吧？」一再自我欺騙的時光。當其他人遭受不合理待遇時，宥真就會義憤填膺的加以反抗，但當自己遭受不合理待遇時，宥真卻竭力不去正視它。

直到過了多年以後，她才承認了自己的卑劣。

◇

吃完飯後，宥真削了蘋果，善英則以不安的表情看著她的一舉一動。

「請給我吧，我來削。」善英說。

「這就不必了，吃完後，妳和我一起洗碗吧。」靜順說。
「媽，」宥真說，「我來就好，善英是客人。」
「我可以做的。」善英說。
「她不是說她能做嗎？」靜順話音方落，隨即從廚房拿了橡皮手套和圍裙過來。
「媽，」俊昊搶走靜順手上的東西，「我去善英家時，奶奶替我準備了一大堆我喜歡吃的食物，妳別這樣對善英。」
「那你以為我就天生喜歡做事嗎？」靜順歇斯底里的從俊昊手中搶回橡皮手套。
「妳這人今天是怎麼回事？媳婦都要被妳嚇壞了。所以我才說要外食啊，還不都是妳堅持說要在家裡吃，如果在外面吃的話多好？」爸爸說道。
靜順走向廚房，打開水槽的水龍頭。
「我來做，媽，妳休息一下。」宥真說。
靜順戴上橡皮手套，開始清洗碗盤。
「怎麼不多待一會兒再走？」爸爸朝起身的善英說。
「因為工作的關係，善英今天凌晨五點就起床了，她也該補一下眠了。」俊昊說。
「祝您生日快樂，那麼我先告辭了。」
善英分別向靜順和爸爸道別，走出門外，家中只剩下宥真、靜順和爸爸三人。爸爸打開電視，聽記者兼節目主持人孫石熙的新聞評論。

宥真站在靜順身旁，沖洗她以洗碗精刷洗好的碗盤，同時察覺自己帶著本能在觀察靜順的心情。

「她都要成為我媳婦了，我連這點權力都沒有嗎？」洗完碗盤後，靜順一面擦拭洗水槽的水漬，一面嘟囔。「我把我的婆婆當成真正的母親看待，服從婆婆的意思，也很敬重她，那個孩子卻……卻……」

「所以奶奶是如何對待媽的？奶奶不是對媽很苛薄、很不公平嗎？為什麼要忽視這件事？現在媽是在對誰生氣？真的是對善英嗎？」

「大家都不把我放在眼裡，現在就連要成為我媳婦的人都小看我，好像讓她的手沾到一滴水是什麼滔天大罪。那我呢？我為什麼要這樣過活？我是從家徒四壁的人家嫁過來做事的嗎？」

靜順的眼眶噙滿淚水。她總想替自己的行為賦予意義，無論再怎麼辛苦，她都認為自己的行為正確且高貴，並倚靠這種想法支撐下來。宥真也深知這點，沒有人強迫媽，一切都是媽的自由意志，媽是靠自身信念堅持下來的。那樣的母親，此時卻把自己的人生稱為「這種人生」。

「妳別用奶奶曾經對待妳的方式來對待善英。媽，這是錯的，任何人都沒有折磨他人的資格。」

「妳覺得妳有資格教我嗎？」

「媽……」

宥真盯著靜順那張單薄、槁灰色的嘴唇，聽見她說出讓人血液直衝腦門的話。

「我們可是接納了無父無母的孩子。」

「如果媽用這種方式待人，最後不會有人願意留在媽身邊。有這種醜陋想法的人，沒人會想看到妳的臉，也不會想和妳說話。我走了。」

宥真用廚房的毛巾擦拭溼漉漉的雙手，走到客廳沙發，拿起背包。

「不是說要過一夜再回去嗎？」宥真的爸爸問道，「妳就別再跟媽媽吵架了，洗碗又不是什麼累人的事，女人就喜歡拿這事來暗自較勁，彼此要互相禮讓，這樣家庭才會和平。」

「啊……和平……」

宥真穿上皮鞋，走出家門。

◇

宥真九歲時，靜順曾提著菜籃、暈倒在自家玄關門前。媽媽蹲坐在鞋櫃前，接著突然往後倒下的模樣，宥真至今仍記憶猶新。救護車來了，將媽媽載走了。大人們在生日蛋糕上點亮蠟燭，和睦的一家人圍在生日蛋糕旁，發出嘻嘻哈哈的歡笑聲，宥真不敢哭出聲，只能全身僵硬的坐在那裡。

宥真聽說，靜順有一邊的肺部積滿了水。

她還記得媽媽出院後，每次仍要服下一大把藥物，也記得在醃泡菜那天，瘦了好多的媽媽仍揹著俊昊，搬運一盆又一盆鹽漬白菜。宥真想替媽媽分擔一點辛勞，於是站到一大疊報紙上幫忙洗碗。

媽還記得嗎？宥真在心底悄悄的問。媽暈倒的那天是爸的生日，爸在慶祝生日，那麼當時帶媽去醫院的人是誰？我並沒有問，因為我想相信是爸爸跟著媽媽一起搭上了救護車，因為我想相信，人不可能如此殘忍。我想要說服自己，對爸而言，媽並非什麼都不是。

經過公寓前的廣場時，有人從後頭追了上來。

「宥真啊。」是靜順的聲音，宥真轉過頭，看到靜順的髮型蓬亂，下方的臉龐瘦削乾癟。

「今天是爸爸生日，妳怎麼可以就這樣走掉呢？快回去跟爸爸說聲對不起。」

靜順用長滿硬繭的手抓住宥真的手臂，宥真拉開靜順的手。

「媽根本不當一回事……就算我說了那種話，媽也不痛不癢，一點也不重視我的心情，媽總是這樣。」

「宥真啊……」

「現在該放開我了，還有俊昊。如今媽也該拋下想折磨他人的心，去尋找自己熱愛的事了。」

「我……我……」靜順的表情比任何時候都悲傷。宥真雖然知道靜順想聽到什麼回答，但她並沒有說出來。

「我走了。」宥真轉過身，朝前方走去。

「妳從來都沒經歷過我的人生。」靜順用勉強能耳聞的細微聲音說道，宥真並沒有回頭。

宥真知道後續會怎麼發展。靜順會忘記今天發生的事，忘掉自己和宥真一來一往的對話。宥真會寬恕那樣的靜順，一如往常的接聽靜順打來的電話，久久和靜順面對面吃一次飯。可是宥真再也忘不了今天靜順的言行舉止，因為即便原諒了，內心仍會存有疙瘩。雖然彼此會持續見面，卻再也無法縮短今天所造成的距離。那距離帶給宥真某種遺憾，雖然也給了她自由，但遲早也會帶給她同等的悲傷。宥真接受了這個事實，接受了任何愛與後悔，都無法補償那份悲傷的事實。可是此時此刻的宥真，只想盡全力遠離這再熟悉不過、再三反覆的情節，只想一個人靜靜待著。

宥真加快了步伐。

作家筆記

「父權制是愛情的反義詞。」我經常會思索美國女權主義者貝爾·胡克斯（Bell Hooks）的這句話。

越是服從父權制，越會失去愛他人，及從他人身上獲得愛的力量。父權制的權威意識、將女性視為男性所有物的思維、試圖奪走女性思考與自由的行為，終究不會為任何人帶來幸福。父權制宛如是將溫暖柔軟的心臟打造成堅硬石頭的劇毒，失去愛的人會變成何種模樣？他會變成一名活死人，終究無法成為美好的存在。

我不想成為那樣的人。

有人認為，女性主義會引起男女之間不必要的衝突，是一種反對愛的意識形態，但這種想法是錯的。我認為女性主義才是追求愛的一種戰鬥，是扼殺愛的父權制的解藥。要求單方面的屈從或用無數方法毀損人類的尊嚴，無法解放任何人。沒有什麼痛苦是身為媳婦、妻子、母親、女兒的妳理當接受的，也沒有女人就該受到欺侮的道理。

賦予彼此自由，藉此自我解放的愛。我夢想能實現這種愛的世界，夢想有一個不必再流下不必要淚水的世界。

金異說

김이설 © Kim Yi Seol

1975 年生於忠清南道禮山，2006 年以短篇小說《13 歲》入選首爾新聞新春文藝，正式踏入文壇。曾獲第 1 屆黃順元新進文學獎、第 3 屆青年作家獎。著有短篇小說集《沒人說的事》、《如今日靜謐》；長篇小說《惡血》、《歡迎》、《善花》。

更年

大家都知道陰毛也會長出白毛嗎？我張開雙腿，低頭凝視陰部，不自覺發出一聲嘆息。目睹無法否認的老化並不是什麼太愉快的事，如果是頭上長出白髮，至少還會覺得稀鬆平常。打從許久之前，即便塗上厚厚一層保溼霜，也無法隱藏鬆鬆垮垮的皮膚；即使睡著的時間越來越早，凌晨時分卻睡不著覺；就算經常忘記別人的名字，聽到眼科醫師說我得了老花眼，甚至經血逐漸減少，我也只是覺得時候到了，但黑色體毛之間冒出一根根白色的陰毛就另當別論了。很奇怪，我有種被侮辱的感覺。我拿著小鑷子，見一根拔一根。雖然絕對不會被誰撞見，但我自己無法忍受。

大家都把話說得很簡單，是因為更年期到了才這樣。這個理由可以解釋所有的事。消化不好、月經症候群加劇、尿憋不住的症狀都是因為更年期；對芝麻小事會無法克制的易怒，對不足為奇的情況大驚小怪也是基於相同原因。真不曉得為什麼，在提到自己覺得每件事都嫌麻煩，什麼事都不想做時，我也會聽到相同的回答。再不然，別人就會問說，是不是大姨媽來了？更年期宛如什麼仙丹靈藥似的，時時刻刻都能聽到。這就像是在說「妳就這樣認份活下去吧」，所以最後我也緊緊閉上嘴巴，不願再多說了。

凌晨時分，我獨自眼神呆滯、坐在沙發上的次數與日俱增，這也是因為更年期嗎？那暴飲暴食與頭痛呢？老是受風寒、沒來由的冒冷汗、胸口疼痛和腹瀉，是因為生理期到了還是更年期症狀呢？雖然這些事都發生在我身上，我卻半點頭緒也沒有。

每天上午所有家人出門後，家裡就會亂得不像話。小菜密封罐的蓋子還敞開著放在餐桌上，毛巾和內衣褲凌亂的散落在浴室前，衣物溢出到洗衣籃外，每個插座都是纏繞在一起的充電器，以及沙發上隨意翻開的書籍，處處都眼花撩亂。不管是收納櫃或鞋櫃，沒有一個櫃子的門扇是關好的。我撿起弄溼的毛巾，擦拭浴室前的一攤水，接著索性狠狠扔到一旁。浴室的角落又發霉了，肥皂滾落到地板上，丈夫大清早就說要把白髮染黑，結果染髮劑濺得浴缸和瓷磚地板到處都是，洗臉盆上還有刮鬍粉和一坨牙膏。內心頓時湧上一陣煩躁。梳洗完畢後好歹擦拭一下，這句話我已經說了十七年。對十五歲的兒子說了十五年，對十二歲的女兒說了十二年，但從來沒有一天有所改變。

我曾經認為這理當是我的職責，因為他們在公司工作、在學校念書、年紀還小，所以家務事是身為家庭主婦的責任。儘管我相信，把我的時間花在結束一天工作、回到家中的家人身上即是我這個人的價值，但根本於事無補。所謂的家務事，是做了看不出來，但不做又很容易一眼看穿。公司好歹會給月薪，孩子至少會拿成績單回來，那我呢？沒有人會理解我。我什麼事都不想碰，這種時候乾脆再度鑽回棉被裡，才是上上之策。

枕頭上有丈夫的味道。我將枕頭翻面使用，將棉被蓋到頭頂上，接著緩緩的愛撫下腹與大腿內側，一隻手按摩胸部，另一隻手則輕輕的搓揉下體。我習慣性的回想起許久前的記憶，像是與大學學長終究沒發展成戀愛的一夜春宵；二等兵男友在入伍百日之後出來休假，我們在華川的旅館房間盡情探索彼此的身體長達十二小時；帶著撫平悲傷的心情，與曾經論及婚嫁、最後卻決定分手的愛人最後一次做愛的那些回憶。我稍微加快了手的動作，呼吸變得急促，我朝張開的雙腿之間使力，接著在某一刻，腦海呈現一片空白。為了讓那一刻停留更久，我以更加細膩而溫柔的手法撫摸身體。

與丈夫的魚水之歡有很大成分僅是例行公事，主要發生在週六晚上或週日凌晨，興奮感或刺激感老早就消失了。就像一天要吃三餐，晚上就寢、早上起床的日常般，一個月兩次的性行為猶如證明兩人是合法夫妻的手續或義務事項。當然，不是打從一開始便是如此。在生孩子之前，它曾經是確認彼此感覺的一種遊戲，但那僅是一時罷了。丈夫並不是那種會為了交歡下工夫的男人，很多時候我都覺得他只是個將累積的精子輸出的人。在毫無前戲的情況下，不管三七二十一的用膝蓋揉搓我的下體，要是沒有加以拒絕，他就會直接插入。既感受不到任何體貼，也沒有一丁點耐心。射精之後，他調整完自己紊亂的呼吸，便起身逕自走向浴室。丈夫通常都只脫掉下半身就辦事，所以留在空床上的我只要用衛生紙擦拭下體，穿上內褲和睡褲就結束了。在他再次躺回我的身旁以前，我會轉身面向牆壁假裝睡著。雖然一直都覺得沒有被滿足，但我沒有在丈夫面前表現出來。說實在的，也不知道該如何表達。我收拾好棉被，大大吐了一口氣。

在這段時間內，手機有三通未接來電，是媽媽、婆婆和允書的媽媽打來的。婆婆想必是打來說下週祭祀的事，而允書媽媽則是為了聚會。明明已經知道我無法參加這次聚會了，何必又打電話來？

媽很快又打來。「妳是在忙什麼？每次都要我打好幾通給妳。」

「那媽又是在忙什麼，一大早就打給我呢？」
「非得有事才能打電話給女兒嗎？你們這些人就只想到自己。」
「貞雅呢？」我一邊替餐桌上的筆電插上電，一邊詢問。
媽彷彿迫不及待似的，氣鼓鼓的說：「她不知道在忙些什麼，我覺得自己被冷落了。」
雖然對於媽說自己被冷落這句話感到掛心，但我轉移了話題。
「爸呢？」
「不知道，一大早就不見人影，看了就討厭。」
「又怎麼了？」
「什麼時候有理由啦？真要說理由的話，每件事都能拿來挑剔。」
只要提到父親，媽就會一概否定，倘若追問她到底是討厭什麼，她就會說只要活到那個歲數就會了解。雖然當年尚未滿四十歲，卻很能理解個中滋味。曾經我以為是媽不夠成熟或怠惰，才無法迎合父親的性情，但經歷婚姻生活後，我完全體會到媽過著何等不易的婚姻生活。
父親是個每天要檢查完家庭收支簿才肯讓太太就寢的丈夫，是個太太的穿著打扮或髮型必須一輩子按照他的喜好，就連一杯水也不懂得自己倒來喝的人。父親退休後，媽必須全天候和丈夫黏在一起，所以對媽來說，也許現在才是最煎熬的時期。現在就連住在家裡的貞雅都不在家，加上她這次只買了單程機票，媽可說是徹底繃緊了神經。
「她說這次去哪裡？」

「我到底要說幾次妳才會聽進去啊?妳每次都把我說的話當成耳邊風吧?」
「那是因為我也到了老是忘東忘西的年紀啊。」
「還不到五十的人,在七十歲的老母親面前胡說什麼?巴西、巴西!千湖沙漠!」
「幹嘛大吼大叫的,我又沒耳聾。」

我按照媽所說的,在搜尋欄位打上千湖沙漠。先是出現同名的民宿和餐廳,接著是有關倫索伊斯馬拉年塞斯國家公園的新聞,然後又搜尋到一連串部落格遊記。

貞雅去了這裡,雪白的沙漠,許多座宛如潑灑上藍色顏料的湖泊,猶如夢境般鋪展開來。白沙本身就很奇特,雖然是沙漠,卻有一望無際、清澈耀眼的湖水,壯觀得難以置信。想到貞雅一個禮拜後就會站在那幅風景前,我不由得心生羨慕。是因為蜜月旅行後,再也不曾到國外旅行的緣故嗎?每次貞雅去國外時,我那千篇一律的日常總顯得一文不值,十分寒酸。

貞雅初次出國是去柬埔寨。當時還是大學新生的貞雅和即將升上大四的我同行,但只有貞雅一人感受到吳哥窟的威嚴。有別於因為水土不服而不停進出廁所的我,貞雅順利的消化了每一種食物,和剛認識的人也能毫不拘束的自在相處。旅遊期間,我巴不得能趕快回家,貞雅則是竭盡一切想遠離家裡。

儘管在那趟旅途中,我清楚領悟到貞雅與我的人生將會背道而馳,但沒想到會如此天差地遠。從柬埔寨回來後,貞雅總會想辦法製造機會到國外,放假就到泰國、越南、香港和中國旅行,休學的那一年去澳洲住了半年,在大四的寒假期間完成了環歐之旅。立志成為旅遊商品企畫的貞雅，雖然最後在旅行社順利任職，但只當了幾年的諮詢員，並沒有接觸到自己夢想中的工作內容。辭掉旅行社的工作後，她轉換跑道去了毫無相關的公司，但總會想辦法存錢、抽空周遊各國。按照媽的說法，她活得就像有錢人家的千金一樣。

「去巴西應該要花不少錢吧？」

「賺來的錢是拿來做什麼用的？當然是花完再死啊。她又沒有子女或丈夫，照顧自己一個人就行了，真羨慕她的命啊。」

「隻身一人不覺得孤單嗎？」

「她是一個人還是有對象，都跟我無關。」

在我沉浸於新婚的樂趣時，看到貞雅猶如無法定居、四處漂泊的游子，我還替她擔心，但等到我照顧兩個孩子、忙得天昏地暗時，看到貞雅毫無包袱、想離開就離開，心底只有無限的羨慕。年過四十後，我便下了一個結論，貞雅之所以能那樣過活，就是因為沒有結婚生子。雖然覺得貞雅不理會傳統觀念並做出這樣的選擇很帥氣又很了不起，但偶爾又會暗自心想，她最後會不會變成獨居老人，孤苦伶仃的餓死？那麼，終究這又會變成我必須面對的課題。

看到千湖沙漠的那個早晨，我隱約有種預感，意識到自己會就這樣老去。往後我會若無其事的拔掉白色陰毛，孩子們會若無其事的去探訪我從未見識過的世界各處，而我會心如止水的接受那個事實。二十歲時懷有的夢想，三十歲時希冀的未來，終究都不會留存在記憶裡。我用力蓋上筆電。

「我該準備出門了。」

我用這個藉口打斷媽在父親與貞雅身上打轉卻毫無條理的嘮叨，好不容易結束通話。一掛上電話，我隨即從冰箱取出汽水，一口氣咕嚕咕嚕喝下。飲料沿著食道流下，引起刺痛感，我連續打了好幾個嗝，鬱悶的感覺似乎舒緩了一些。冰箱門仍敞開著，警示器響個不停，但我不以為意，再取出一罐汽水後才將門關上。接著從流理臺的抽屜取出藥袋，將弗利敏錠、布洛疲溫錠、克肥錠、阿勒博膠囊四顆藥丸混著汽水一同吞下。它們分別是食慾抑制劑、抗憂鬱劑、肥胖症便祕改善劑、體重減輕營養補充劑。

雖然是一種副作用，但減肥藥會如躁症般使心情亢奮。藥師將處方藥遞給我，要我和肝病藥物烏魯沙一起服用。這種藥物可能會對肝帶來過重的負擔。雖然藥師的口吻相當公事公辦，我仍感到顏面盡失，他只是說了「這種藥物」而已，卻像是以「都這把年紀了，怎麼還……」為前提所說的話。你懂逼近更年期的女人為了減肥而吃食慾抑制劑的心境嗎？生了兩個孩子後所增加的體重是十五公斤，要在養育年幼孩子的情況下，靠運動和調整飲食減肥是不可能的。

藥物效果很驚人，一個月內就瘦了十公斤。只要服用藥物就會沒有食慾，就算不吃東西也會持續腹瀉，排出烏黑色稀便。當然，只有服藥時才如此，一旦停藥就會無法克制的暴飲暴食，身體很快就恢復原狀。到頭來，在接近十年的光陰裡，我靠著間歇性服用減肥藥，反覆節食和暴食，才有了現在的身體。同時也基於一種只要變胖，吃藥就能減肥的心理，導致我更加放縱自己。

「妳已經是歐巴桑了，歐巴桑本來就會看起來像歐巴桑。就叫妳放棄了嘛，我什麼時候嫌過妳胖？丈夫都說沒關係了，妳還擔心什麼？妳穿什麼都一樣，所以沒必要在意。」

腦中不停想起丈夫說的話，我不禁怒火中燒，對丈夫懷有的敵意隨時隨地都會探出頭來。你說沒關係就真的沒關係嗎？……啊。我彷彿受驚嚇般倒抽一口氣，閉上嘴巴。最近我老是自言自語。人家都說，如果會不自覺的自言自語就代表老了。我低頭看著自己的小腹，肚子圓滾滾的，所以看不太到腳尖。竟然說只要丈夫說沒關係就沒關係，我的身體憑什麼由你來評斷？

被當成不管理身材的懶惰女人或好命的女人倒還好，懷疑我的身體是不是生病了才更令人害怕。看到新聞說肥胖比率會隨所得而增加的新聞時，我甚至巴不得能做個縮胃手術。最討厭我的身體淪落到這地步的人是我自己。最近連ＸＬ號都覺得小，挑選尺寸合適的內衣很麻煩，挑選不讓肥肉跑出來的衣服就更傷腦筋了。我再度試穿買來後始終掛在衣櫃裡的夏季花紋洋裝，心想如果把現在的藥吃完是否就會合身了？但別說是體重減少了，後頭的拉鍊就連一半也拉不上。這件洋裝原本是打算穿去這次聚會才買的，最後還是只能穿看不出身形的硬挺棉麻洋裝去參加。

◇

雖然國中的媽媽們不常舉辦聚會，但擔任代表的媽媽心慈和藹，很善於主導聚會。她是最年長的一位媽媽，而且家中老大就讀的是名校，所以其他媽媽也願意全心追隨。最重要的是，有些孩子打算報名特目高[5]或自私高[6]，他們的媽媽另外組成了經過篩選的社團，定期舉辦聚會，我也是其中一員。雖然分享考試情報和補習班情報是最大目的，但主要話題都是養育青春期的孩子有多辛苦。這次聚會是為了新成立的科學補習班說明會。大家說好要一起去，才聚在一起。不過，這次聚會的氣氛有些不同，包括身為代表的媽媽在內，媽媽們都惜字如金，對話經常戛然而止。我再也無法忍受暗示著只有我被蒙在鼓裡的沉默了，唯有正面突破才是解答。

「是關於我們家世勳的事嗎？」

媽媽們全將目光轉移到媽媽代表身上。媽媽代表一副無可奈何的樣子，一口氣喝完剩下的冰咖啡，終於開了口。

「如果妳已經知道了，那就先說聲抱歉了，不過聽說世勳和女孩們在交往。」

「我們家世勳有了女朋友嗎？」

我確實大感意外，但仍不免心想這有什麼好大驚小怪的。課業優秀的孩子，不僅懂得自我管理，還有交往的女朋友，這不是什麼缺點，而是應該感到自豪的事。孩子總該談一次戀愛的，雖然此前不曾有過這樣的事，但我心中早已做好遲早會有這天的準備。兒子比去年長高了不少，喉結慢慢顯現，也變得沉默寡言。尤其看到他的手掌逐漸變得厚實，不禁意識到他還正在發育呢。

我將背靠在椅子上，輕輕笑著回答：「如果交了女朋友，就該先介紹給媽媽認識呀，等他今天回家，我可得好好說他一頓了。」

沒有一位媽媽跟著我笑。

媽媽代表小心翼翼的繼續說：「如果他是交女朋友，誰會多說什麼？可是世勳好像不太一樣，聽說他只是為了做那件事才跟女孩們來往。」

「那是什麼意思？做什麼事——不會吧……」

那瞬間，我想起兒子每天早上掩藏不住的睡衣褲襠。

「我也是聽我家孩子說的，所以這事有待確認，但總之，這件事也不是只有我聽說。」

我一時沒意會過來。竟然不是女朋友，而是發生關係的女生？不是只有一個，而是好幾個？難道是性交易嗎？意思是說他和女生來往只是為了那件事？既然不是交往，做那件事又有什麼意義？我頓時啞口無言。怎麼會只有我不知道這個傳聞？所以現在妳們希望我怎麼做？碰到這種情況時，該如何反應才恰當？我一時無法做出判斷。

我不記得自己是如何回到家的。一回到家，我所做的就是煮一鍋泡麵，連同湯底全部喝完，然後一口氣喝下兩杯即溶咖啡。突如其來的食慾不懂得適可而止，直到我解決掉一整罐奶

---

5 特別目的高中，重視學生的特殊才能，培養專門技能人才，例如外語、科學、藝術、體育等。

6 自治型私立高中，不受政府監督，可按照學校的教育理念培養人才，重視學生的自主學習能力。通常此類型學校要求學生成績優異，學費昂貴，因此經常引發精英教育的爭議。

油餅乾之後，才撕開兩包藥袋，從中挑出呈蝴蝶形狀的弗利敏錠吞下。

我自認為是個思想開明的媽媽，可以接受與異性交往，也接受在那個階段發生性關係，只是實際發生的事完全在我的預想範圍之外，還是這種狀況。

我將進門後的兒子叫到面前，說我想親自聽他說。

「既然都聽說了，還有什麼好確認的？」

「媽媽聽到的都是事實嗎？」

「嗯。」

「怎麼會！怎麼會這樣？」

「現在是在教訓我嗎？」

「不然是在稱讚你做得很好嗎？」

「我做錯了什麼？我有戴保險套，確認對方是不是真的想做，是雙方同意才發生的。」

「不是說沒有在交往嗎？」

「有誰規定一定要和交往的人做嗎？」

我真想把那張嘴給撕下來。

「你是大人嗎？你只是個國中生！」

「國中生就不能做嗎？為什麼？」

我無法立刻斷然說不行，就現實來說不可能。因為我以前就一直以「如果交了女朋友，和對方做了那件事」為前提，不斷強調雙方同意和避孕的重要性，只不過前提並不包括只為了發生關係的關係。

「如果你是和交往的人做，媽媽還不會這麼生氣，你覺得只做那件事的行為正常嗎？」

「我總得有消除壓力的管道吧？」

我再也說不出任何話。竟然說用來消除壓力？你幹嘛不去自慰！

「要是靠那個就能消除，我早就做了！靠，超丟臉的。」

「如果真的沒辦法，不然就去喝酒抽菸嘛！」

「我瘋啦，幹嘛要虐待我的身體？」

在持續頂撞、一句話都不肯認輸的孩子面前，我不知該如何是好。兒子暫時調整了一下呼吸，直勾勾的盯著我。

「媽，我不是按照妳的期望，交出漂亮的成績了嗎？我功課好，也不去網咖或ＫＴＶ，不和其他人組小圈圈，也不曾忤逆大人的意思。這不就是媽想要的模範生嗎？我各方面都管理得很好，不管是高中或大學，都會去媽要我去的學校。不過，消除壓力這點就別管我了，我總要有個發洩的管道吧？大家都是靠在網咖打電動來消除壓力，我不過是跟他們一樣罷了。」

「那些女孩呢？她們也和你一樣？」

「我幹嘛管那些？各管各的就好了。」

「你是動物嗎？怎麼可以只為了做那件事……好，就當你很享受好了，但對方真的和你一樣嗎？你有確實掌握女生的心情嗎？是不是女生喜歡你，你卻擅自說對方是享樂縱欲？」

「那媽希望我真的交女朋友，跟對方認真交往嗎？眼前除了補習班功課，還有英才院[7]的計畫，要做的事堆積如山。就是因為媽沒幫我安排家教，小論文才會到現在都還沒開始啊！別說玩的時間了，我連休息的時間都沒有，拜託給我一點喘息空間好不好！」

我為什麼沒辦法馬上回嘴呢？回說那是你的責任，每個人都很忙碌，要做的事多如牛毛，但學習如何調整分配時間並追求快樂，這就是身為人該做的事。別拿談戀愛就不能怎樣來當藉口，如果有心思去搞女生，那你也該好好思考一下相關的責任！我應該這樣告訴他的，卻怎麼都說不出口。我並不是因為和才國二的兒子討論沒有愛的性才感到扭捏不自在，而是我也不自覺的開始妥協，假如真如兒子所說，不會影響到念書的話……

「爸也知道嗎？」

「怎麼？你怕爸爸會知道？」

「不是，換作是爸，應該不會像媽一樣難以釋懷吧？爸應該更了解，這件事沒必要大驚小怪。還要繼續說嗎？英文補習班的功課還沒寫完耶。對了，零食不必替我準備了。」

我看著兒子逕自走入房間的背影，一時覺得喘不過氣來。就算大聲吆喝「媽媽話還沒說完」，我也只會繼續老調重彈，兒子也必然會回應相同的話。我對兒子所說的，就只有別讓妹妹知道這件事而已。聽起來就像是在對自己辯解，所以更令我氣憤，但我連這怒氣該如何消解都不曉得。

◇

「所以問題在哪裡？」

見到丈夫的反應，我更震驚了，忍不住反問：「你說什麼？」

「到底是什麼樣的女孩，小小年紀就隨便糟蹋身體？用膝蓋想也知道，一定都是不會念書的吧？總之，妳別挫了孩子的士氣，適可而止吧，沒必要為了這件事大聲嚷嚷。」

「他們才十五歲。」

「我在更小的時候就做過了。」

「他又不是自慰！是真的和女生做了。」

「那又怎樣，是霸王硬上弓嗎？不是你情我願嗎？又不是強暴，只是消除壓力而已，有需要大吵大鬧嗎？」

「我說的就是消除壓力這件事，難道不是錯的嗎？」

「不然妳要叫他談戀愛嗎？他不是說有用保險套嗎？這小子可真聰明。」

7 全名為「英才教育院」，主要由政府單位及大學設立，針對具卓越才能與資質的中小學生，培養發揮潛力的教育機關。

「你還笑得出來?」

「不然要哭嗎?老婆，妳何必這麼嚴肅?他現在年紀還小，就算無法稱讚他做得好，但也沒有嚴重到需要打斷他的雙腿。雙方你情我願，也用了保險套，不就好了?父母還要多說什麼?說穿了，世勳有做錯什麼?問題是出在那些在男人面前張開雙腿的女人吧，我們的兒子有什麼問題?」

「老公!」

「難道不是嗎?既然其他媽媽都知道了，學校也不可能不知情，如果會造成問題，學校早就聯繫我們了。等時間久了風波就會平息。畢竟他是男生，這也不算什麼過失，反倒還會成為同儕之間有本事的傢伙——會玩又會念書的孩子，誰敢多說什麼?」

「如果這件事不是發生在世勳、而是世恩身上呢?如果世恩說想消除壓力而到處和男生做那種事，你也會說反正孩子會念書就好嗎?」

「妳怎麼把這麼可怕的事套在世恩身上!男生和女生會一樣嗎?」

「哪裡不一樣?」

「妳別再故意唱反調了，女生怎麼可能?女生天生就不會做那種事。」

「那和世勳發生關係的孩子呢?」

「那是因為她們瘋了。像世勳這個年紀的男生，只要碰到女孩就會被迷得神魂顛倒，所以她們會想盡辦法用肉體去勾引。如果是這樣，我當然不會坐視不管，只要是會妨礙到我們孩子念書，就不能袖手旁觀。這些沒家教的黃毛丫頭，一點也沒有學生樣，成天只知道追著男生跑。」

沒有家教、大肆宣揚的不是那些女孩，而是我們的兒子吧？可是我閉上了嘴，我也不想承認兒子是那種孩子。

「只要顧好我們的孩子就行了，妳別隨便表現出好像那些女生很可憐的樣子，也別覺得愧對其他媽媽，除非世勳真的做錯什麼。話說回來，那些一窩蜂跑來向妳打小報告的女人更可疑，是覺得有好戲看才幸災樂禍吧？妳就別放在心上了。」

「那要怎麼對世勳說？」

「啊，還要說什麼！就隨他去，事過境遷就好了。要是妳非得念個兩句，就叫他在風聲平息之前安分一點。我到現在還沒吃晚餐耶，不給我飯嗎？」

雖然我沒向兒子和丈夫說，但我一直很擔心那些女孩，如果她們是真心喜歡兒子的話怎麼辦？如果那些女孩的父母知道了又該怎麼辦？雖然我很害怕兒子會遭人指指點點，但假裝若無其事、等待時間過去也不是什麼正確的解決之道。為什麼丈夫和兒子都不把這狀況視為問題、視為應該解決的問題？這件事不是錯的嗎？雖然我不想承認也不想接受，但這擺明了就是不對，最後竟仍是丈夫說了算。

丈夫享用著遲來的晚餐，絲毫不瞅坐在面前的我一眼，只顧著滑手機。挑出來的豆子放在飯碗旁，隨意的滾來滾去。兒子也不吃豆子。兒子像丈夫一樣個子高挑，像丈夫一樣有嚴重鼻炎，像丈夫一樣喜歡數學，像丈夫一樣自私自利。

我動也不動的靜靜坐著。換作其他日子，我早就端到他面前了。

「水！」

丈夫這才抬起頭注視我，大概是感覺到我心情不佳，於是悄悄起身，自己倒了水來喝，並以低沉的嗓音對我說：「世動不像妳擔心的那樣，有什麼奇怪的地方，妳只要心想，他長大了，長成了一個正常的男人。好好觀察他的狀況，別讓他因此變得畏畏縮縮。我們只要照顧好自己的孩子就行了，知道嗎？」

接著，丈夫拍了一下我的臀部，走進房間。女兒的房間內傳出偶像歌手的歌曲，兒子還有一個小時才會從補習班回來。兒子究竟是在哪和女孩們滾床單？和幾個女生來往？他是個只會在學校、補習班、英才院三地跑，動線明確，也從來不曾晚回家的孩子，是個既不粗魯、遵守禮節又品行端正的孩子啊，我心目中的兒子一直是如此的啊。我覺得頭好痛。

◇

允書媽媽沒有參加上次的聚會。自從那天後，她不停打電話來。允書和兒子從小學到現在是第三次同班，允書還有個讀高中的哥哥，兩家同樣是養育一對兄妹，有很多心有戚戚焉之處，彼此累積了多年的情誼。

誰家只有女兒，誰家只有兒子，一眼就可以看出來。養育姐妹的媽媽們基本上是以男生都很調皮為前提進行對話。她們慨歎著人心不古，要在這險惡的世界養育女兒有多不容易，要擔心和嚴加管教的部分多到數不清。雖然養兒子的媽媽們聽到她們無條件將原因歸咎在男生身上而感到不滿，但沒有人會斬釘截鐵的加以反駁。

養育兄弟的媽媽們則經常說，最近的女生很可怕，也不敢隨便跟她們搭話，因為有這些在校成績優異到猶如怪物的女生，念書變得更辛苦了。當養女兒的媽媽煩惱著處於青春期的女兒時，這些媽媽就會小看她們，說她們沒養過兒子，不知道什麼才叫辛苦。另外，說「女兒比兒子早熟是一種問題，而兒子則是一輩子長不大的小屁孩」的說法也令人難以苟同。最重要的是，聽到養兒子的媽媽搬出一貫說詞，說孩子在家從來不開口，完全不知道他在學校發生什麼事時，養女兒的媽媽們就會怨聲載道，說她們只會袒護自家孩子，這樣講很不負責任。

允書媽媽和我同樣撫養一對兄妹，我們總是忙著對兩派人馬說的話點頭稱是，也因為同樣被夾在中間，很快就感到疲乏了。正因如此，允書媽媽讓我感到很失望，她不可能不知道那天的話題，不，她一定也從允書那裡聽說了，這段時間卻對我隻字不提，這件事也令我感到氣憤。

◇

自從那天之後，發生變化的似乎只有我一人。丈夫依舊晚歸，兒子的生活也一如往常，平日到學校和補習班，週末到英才院與運動俱樂部，除此之外都待在家，扣除用餐時間，不曾離開自己的房間。看到他嘴上雖然抱怨英才院沒有因為學校正在考試而減少功課，臉上卻沒有半點厭煩的神色，反倒很有耐心的坐在書桌前，我不禁覺得孩子很可憐，但很快的又搖了搖頭。現在他還念得下書嗎？怎麼能擺出一副天下太平的樣子？想著想著，不由得又怒火中燒，臉逐漸脹紅，脈搏也隨之加速。碰到這種時候，我就會大口咕嘟咕嘟喝下汽水，使自己冷靜下來。等心情再次平復，我又再次覺得埋首念書的孩子真是乖巧。猶如牆頭草般搖擺不定的心，連自己也無法控制。

他是我陣痛十二小時所生下的第一個孩子，是餵養我的奶水與青春長大的孩子，是全身上下我都瞭若指掌的孩子，是不管到哪都不遜色的聰慧孩子。這個事實不可能改變。儘管如此，很顯然的是，當我覺得兒子很棒、很優秀時，內心開始感到有些不自在了。

我數次詢問丈夫，這件事真的可以就這麼算了嗎？要不要去找班導師諮詢一下？但得到了「老師又有什麼辦法」的回答。好像確實是這樣。聽到丈夫要我別自找麻煩，我也不自覺的點了點頭。

「不然讓孩子去旅行？」丈夫乾脆默不作答，意味著那樣做又有何用。我又補上一句：「也許該讓孩子有個全新的開始？」

接著就換丈夫說教了：「世勳是犯了什麼罪？為什麼要逃跑！」

這真的不是犯罪嗎？因為女生也答應了，基於你情我願的前提，所以默許十五歲的兒子用性行為抒發壓力，這是身為大人應有的態度嗎？

我再問了一句：「還是我去見一下那些女生？」

原本躺在沙發上盯著手機的丈夫猛然坐了起來。

「妳到底是怎麼了？見到之後要做什麼？看到她們的嘴臉後就會釋懷嗎？事情明擺在眼前，妳就非得不見棺材不掉淚嗎？她們迷上了功課好、長相清秀又有禮貌的男生，才會死纏著對方不放。去見那些不入流的人，只會惹得妳胃痛難受。我說妳啊，我們才是受委屈的一方，懂嗎？是她們巴著不放，讓好端端的孩子流言纏身，妳為什麼老是急著想扮演加害者的角色？啊，還有，話要說清楚，不吃別人要給你的東西，這種人豈不是傻子？」

「你怎能如此深信不疑？」

「那當然，做父母的就該相信子女，不然要相信外人嗎？」

女兒來到客廳，坐在電視前，我們的對話也因此中斷。女兒打算看偶像團體的回歸表演，打從幾天前便翹首盼望。

我望著女兒烏黑的後腦杓沉思著，為什麼我一直覺得焦慮不安又難以釋懷呢？我把箭矢轉向自己，捫心自問：是無法相信孩子？不愛孩子？如果都不是……會不會是出自於想趕快恢復孩子原來正直形象的心態？如果他沒有做錯事，那就忘得一乾二淨，要是他做錯了事，就趕緊解決。我隱約發現，我之所以會和丈夫不同，不僅擔心兒子，還老是掛心那些女孩，是畏懼往後她們會成為我孩子的絆腳石，所以想趁問題可以解決時封住她們的嘴，趁事情可以修補時加以收拾，這是父母為了孩子未來著想必須做的事。我雖不想承認也不想表露出來，這卻是我最真實的心情。

「哇啊！」女兒亂吼亂叫著，緊貼在電視機前。燈光炫麗的舞臺上響起吵鬧的歌曲，足有十三名年輕男孩開始有條不紊的跳起舞。他們個個長得像漫畫主角，但不管我再怎麼看，都覺得他們長得一模一樣。每當女兒喜歡的成員有特寫鏡頭時，她就會發出刺耳的尖叫聲。

我完全捉摸不透，女兒未來究竟打算成為什麼。兒子只要維持現在的成績，考進我所期望的醫學院應該不是難事。但女兒和兒子不同，如果沒有人教她便無法自行領悟，但就算花時間教她，也沒有一件事做得恰到好處。

我想不通為何大家會說女兒比較精明幹練，能成為家中的生活支柱，也不懂什麼養育女兒的樂趣。該區分的不是女兒或是兒子，而是每個孩子本來就不一樣吧，怎麼會只有養女兒才能帶來樂趣？我雖不懂得養女兒的樂趣，倒是很識得養兒子的滋味。曾經，我是將這句話掛在嘴邊的媽媽。

丈夫和我不同，只要提到女兒就無條件說ＹＥＳ。像是沒有和我商量，就買偶像歌手的各版本ＣＤ給女兒，也曾經有好幾次，父女倆買了現場表演的門票一起去看。

她已經升上五年級了，也不能放任她一直玩下去。但我並不想表現得像是一心只掛念讀書的媽媽，硬是把她丟到補習班。整個寒假，我對抗拒念書的女兒連哄帶騙，好不容易才讓她從春天開始去補英文和數學。儘管打從一開始我就知道無法要求她像兒子一樣拿到第一名，但仍希望她能有樣學樣。其實，女兒說想去上流行舞蹈班，我要她放學後再去社團上課，她仍不滿足，吵著說自己真的想學更多的舞。我說，又不是要當藝人，別說這些有的沒的，一口氣回絕了。在這節骨眼上，丈夫卻絲毫不懂我的用心良苦，這次又沒有事先和我商量，在女兒的央求之下突然答應要讓她去上舞蹈班。

「她現在是學跳舞的時候嗎？」

「是妳說小學時期就要培養孩子的藝術、體育才能，說話可要前後一致。」

「我好不容易才說服她去補英、數，才剛開始沒多久。」

「要孩子享受其中、覺得幸福才行啊。妳有看到她跳舞時的表情嗎？光是看到世恩有自己想做的事，我就覺得她很了不起，也很神奇。我們就別平白無故給孩子增添壓力了。」

「讀書也講究時機的，她已經晚了一步。」

「不會念書又怎麼樣？」

「你就不會對世勳說這種話。」

「男生和女生怎麼會一樣？就讓她去做自己喜歡的事，她跳舞時有多美啊？女生最重要的就是外貌，以後讓我們家世恩去削個骨、縫個雙眼皮，也不輸別人的。」

「現在這個社會只靠臉就夠了嗎？不僅要外表出眾，還要頭腦聰明。所以世恩除了漂亮，念書也要加把勁，這點你不是更心知肚明？你成天掛在嘴邊的那名女員工，不是稱讚她臉蛋漂亮、身材苗條，又是很好的大學畢業，說到口水都快乾了嗎？」

「就為了在他人面前展現，所以送孩子上大學？就算苦讀後拿到碩博士學位又怎樣，比起腦袋聰明的女人，外表漂亮的女人更容易嫁掉，不是嗎？」

「就算按照你說的，要想遇到腦袋好又有出息的男人，那也總得在同一個圈子裡吧？好歹大學也得去個不錯的學校……」

「可是，媽。」女兒不知何時走了過來。「我就不能自己選嗎？我不能自己作主，一定要被別人選擇嗎？媽以前也那樣嗎？」

丈夫忍不住笑了起來。

「妳怎麼又跑出來了？數學作業寫完了？別忘了做完後還有聽力作業。」

「媽，我就不能看個半小時ＭＶ嗎？」

「去看、去看！我們家世恩想做什麼就去做吧。」

一個巴掌要如何拍得響？我辛辛苦苦建立的規則，總是因為丈夫好面子而在一夕之間崩塌。孩子隨著自己的爸爸起鬨倒是無所謂，因為孩子們也知道那是爸爸的一片好意，只不過我討厭自己的意見在孩子面前遭到漠視，變成無足輕重的人。原本我就打算找時間針對這件事和丈夫理論，恰巧此時兒子發生了狀況。

丈夫緊挨在女兒身旁坐著。女兒目不轉睛的盯著電視，嘴上雖喊著爸爸很煩，把他推到一旁，但很快的兩人就扭纏在一塊嘻嘻哈哈，互相開起玩笑。近來女兒的胸部逐漸豐滿、臀部和大腿也變得胖呼呼，已經不再是個孩子了。

◇

「有必要做到這地步嗎？」

儘管丈夫嘴上這樣說，但內心似乎並不完全排斥。他一邊說星期日一大早就把人趕出家門是犯規行為，一邊又興沖沖的問兒子要不要打保齡球，還是要去登山。兒子說距離考試只剩一個禮拜而拒絕了，但我硬是趕鴨子上架，把兒子推出門外。

雖然女兒吵著要跟，撇嘴露出不開心的表情，我仍頑固的搖了搖頭。丈夫只能無奈的安撫女兒說，今天是男人之間的專屬時間。丈夫要我幫忙準備籃球和泳褲，我連同結冰水、三明治和水果餐盒都交給他。

「和爸爸出去流點汗再回來。」

兒子默不作聲的轉身走掉。我原本打算拍拍兒子的肩膀，但伸出的手完全沒碰到他的肩膀，就這麼尷尬的停留在半空中。冷颼颼的空氣沉重的籠罩著玄關。女兒的房間內流瀉出偶像團體歌曲，我則一動也不動的站在玄關。為何只有我獨自一人承受這陌生且冰冷的空氣？我不由得感到委屈。

我趕緊將藥丸放入嘴巴，帶著要抑制食慾爆發、避免自己疲乏無力、無論如何都得撐過一天的心情吞下藥物，然後打了一通電話給允書媽媽。

「不好意思，週日還叫妳出來。」

「世恩說要一個人在家嗎？還以為妳們會一起過來。」

「她說更喜歡自己一個人待著。媽媽不在家，她就能開心玩手機了吧。」

「我們家孩子也最喜歡我不在家的時候。碰到這種情況時，我就會覺得自己一無是處，感覺很失落。」

「原來不是只有我這樣。」

「孩子嘛，都是一樣的。」

我小心翼翼的啜飲放在眼前的熱咖啡。坐在對面那桌的情侶將頭靠在一起，看著手機有說有笑——他們頂多也才高中吧？咖啡廳內有許多三五成群的年輕學生和情侶，看著他們肆無忌憚的嬉鬧、放聲大笑，胸口不免又開始鬱悶。

允書媽媽不知是否讀出了我的心思，率先開口：「姐姐，妳一定吃了不少苦頭吧？」

「妳也知道那件事吧？」

允書媽媽點點頭，掃視周圍一圈，壓低音量，「姐姐，其實我也經歷過類似的事，我們家老大。」

「允燦？」

「嗯，只要想到他讓我操透了心……」

允書的哥哥，允燦，也是個出了名的模範生。我有好幾次看著允燦心想，我的兒子要是也能像他一樣優秀就好了。允燦不僅課業名列前茅，運動方面也絲毫不輸人，而且又非常有禮貌。他怎麼會呢？

「因為是在姐姐面前，我就放寬心說了。姐姐也知道，我們家允燦從來都是全校第一、二名的孩子，可是從去年下學期開始，他的名次就直直往下掉，甚至掉到全校十名外。怎麼可能這樣呢？所以我就去打聽了……唉唷，真是傷透了我的心。」

允書媽媽又往我這邊靠攏了一些。她說，有個女生和允燦在課業上是競爭對手，而那女生打定主意要勾引允燦，讓他無心念書。

「故意的？」

「對！女生都自己送上門了，男生怎麼受得了？我們家允燦是第一次，所以被她迷得神魂顛倒，女生卻很奸詐的乘機搶走第一名，這豈不是讓允燦一個人變成傻瓜嗎？」

「女生親口說的嗎？」

「還能有別的理由嗎？兩人成天在爭全校一、二名，女生一定是看自己沒有勝算才使出這種手段吧，只要等名次出來再立刻分手就行了。」

允燦和那女生是在交往嗎？還是像兒子一樣，是為了消除壓力……

「世勳怎麼說的？我們家允燦說他們兩人在交往，是自己沒有好好念書，女生一點錯也沒有，自始至終袒護那個女生。唉唷，真是氣死我了。妳覺得這話能信嗎？」

我倒是相信。

「更氣人的是，我打聽了之後，聽說那個居心叵測的女孩綽號就叫作『第一名殺手』。」允書媽媽的一雙杏眼睜得更大了。「聽說她只跟和自己爭名次的男生交往。有誰抵擋得了為了打敗競爭者而不惜出賣身體、向男生投懷送抱的女生啊？看這女孩連名聲敗壞都不怕，確實是夠狠毒，可是又不能向學校檢舉。」

和兒子發生關係的女生會不會也是這樣呢？我為什麼覺得，如果是基於這種理由還比較安心呢？允書媽媽說，自己現在還沒對兒子蒙受損失的事消氣，我則越來越不解。就算是這樣好了，那為什麼女生的課業依舊出色，男生的成績卻一落千丈？

「姐姐，雖然我也有女兒，但最近的女生真是令人難以招架，念書時厲害得不得了，耍小聰明時花招又特別多，到頭來只有那些憨厚的兒子受害。所以我聽到世勳的事時，才會頓時七上八下的，因為我知道姐姐妳會有多傷心。」

我長嘆了一口氣。

「姐姐，受害者可不只我們，聽說每個學校都一定有這種女生。也不曉得是哪所學校……總之最近的女生啊……除了這種，還有一種是……」

允書媽媽彷彿封印解除般滔滔不絕，說出一個又一個傳聞。按照她的邏輯，會為成績賭上性命的都是些精明過人的女孩，對成績漠不關心的則是成天追著偶像跑、只知道化妝愛漂亮、腦袋空洞的女孩，她似乎忘記了，包括允書和我女兒都在「最近的女生」之列。

坐在對面的小情侶發出親嘴的啾啾聲，接著從座位上起身。女生的雙唇紅豔閃亮，男生鼻尖下長出了鬍鬚，他們笑嘻嘻的看著彼此，離開咖啡廳。我覺得這幅畫面很美。唯有那年紀才擁有的平凡情緒，看起來耀眼動人，兒子身上卻看不到這些。

「他們的父母應該不曉得自己的孩子有這種行為吧？」

我告訴允書媽媽，因為很擔心那些覺得和世勳同班而感到不舒服的女孩，不管是孩子或她們的母親，只要要求我道歉，我都會全然接受。我會承諾好好管束兒子，避免再有同樣的事情發生，要我低頭道歉幾次都願意。如果兒子不懂得自我反省，好歹身為媽媽的我必須表達我的誠意。可是允書媽媽似乎不會理解我的心情，她也用和我不同的目光看待世界。

「允書媽媽，我先前拜託妳的……」

允書媽媽將折成一半的便條紙遞給我。

「我將允書聽到的傳聞，還有從其他媽媽那邊聽來的全都寫上去了，比想像中少，也有沒問到電話號碼的孩子。」

便條紙上是和兒子來往的女生姓名和聯絡方式。我不敢打開來看，一接下就放進手提包。我還不知道該怎麼做，但也無法苟同丈夫或兒子的想法，認為按兵不動就是最佳之道。

「姐姐，妳知道其他媽媽怎麼說嗎？她們說，世勳終究是個聰明的孩子，看他絲毫不為所動，按自己的步調乖乖念書的模樣，真不是個普通的孩子，大家都很驚訝呢。我說這話這可不是為了哄姐姐高興，我也對世勳另眼相看了呢。」

我怔怔盯著允書媽媽，她是真心在安慰我，替我辯解我兒子不是壞孩子，也像是在替自己打強心針，告訴我男生都是這樣長大的，要我別太擔心。我不由得心生羞愧，最後違心的向她道了謝。

直到要和允書媽媽分開時，我才問起允書的近況。「允書過得還好吧？她各方面都無懈可擊，應該不會做出令媽媽擔心的事。」

允書媽媽笑盈盈的回答：「那當然，我們家允書單純得要命，除了念書，什麼都不懂。」

原來允書是屬於精明過人的女生啊，那麼允書媽媽曾經是哪一種女生呢？我又被大家評價為哪一種女生呢？有多少女生因為那評價而自我欺騙了一輩子呢？話說回來，我開始感到好奇，那種評價究竟是依照誰的眼光決定的？

我先目送允書媽媽駕車離開，才打開允書媽媽遞給我的紙條。雖然都是我不認識的孩子，但每個名字都一樣秀氣文靜。我把名字反覆讀了好幾次，直到背起來為止。

回家後，女兒的臉令我大開眼界。她看起來就像最近的國高中生，一張臉白得嚇人，只有鮮紅的嘴唇光滑油亮。她興高采烈的說自己擦了阿姨送的唇膏和氣墊粉餅，笑得闔不攏嘴。看來貞雅來了家裡一趟。

「她怎麼沒說一聲就……」

「沒有啊，阿姨有先打電話給我。媽媽，妳看這個。」

孩子上氣不接下氣的拉著我進她的房間。窗戶、牆面和書櫃貼滿了她喜歡的偶像海報，書桌上堆滿鑰匙圈、名牌、扇子、筆記本等偶像周邊商品，她巴不得能擁有的會唱歌的應援手燈和公仔也按成員數逐一擺好。難怪女兒會如此興奮。

「媽媽，阿姨連每個成員叫什麼名字都知道，媽媽連我最喜歡的是誰都忘了吧？」

「淨漢？WOOZI？」

「不是！是Vernon，到底要我說幾次？阿姨果然很厲害，鑰匙圈和海報都幫我挑Vernon的！」

「這麼開心？」

「當然！」

原來妳就是那種成天追著偶像跑，只知道化妝愛漂亮、腦袋空洞的女生啊。

「媽媽，阿姨搞不好把成員的名字都背下來了。」

我每天還會把自己的名字給忘了呢。

「對了，阿姨說這次要去巴西，她說有傳訊息給媽媽，有收到嗎？」

有封未讀訊息不停閃爍。

——我有好一陣子不會回來，所以原本打算見個面再走，沒想到只見到了世恩。她說媽媽都不曉得自己喜歡什麼，姐也和孩子對話一下吧。
媽最近吵著要離婚，我要她別自己乾著急，和其他已婚的大姐商量看看。要是媽真的離婚了，我們就來開場派對慶祝吧。
我的班機在明天凌晨，就算聯繫不上也別擔心，我會自行打理一切好好生活。我看世動不在家，所以在書桌上放了零用錢。我這個阿姨很酷吧！Tchau[8]！

我和貞雅之所以過得如此不同，是因為我們做出了天差地遠的選擇。正如同貞雅不跟隨傳統觀念的選擇並不總是正確，我毫不猶疑的選擇結婚生子也非源於不成熟和懶惰。也沒必要把從來不曾質疑傳統觀念、成為已婚女性視為判斷錯誤並因此自責。如今，我並不想去羨慕貞雅的人生。我將讀完訊息的手機扔到床上。
要當天使阿姨誰不會啊？泥菩薩過江、自身難保的人膽敢這樣對待姐姐！
女兒站在房門旁盯著我看，手上的應援手燈閃爍個不停。
我又不自覺的把內心話說出來了嗎？
「有話要跟媽媽說嗎？」
女兒搖搖頭。
原本默默盯著我的女兒，小心翼翼的朝更衣卸妝後的我問：「媽媽，妳很累嗎？」
「沒有。」

「有什麼不高興的事嗎？」

「嗯，有點。」

「哦，那我不打擾媽媽了。」

我呼喚轉身打算回自己房間的女兒。

「世恩啊，那個叫作……克拉棒[9]！對吧？克拉棒！」

「嗯，對……謝謝媽媽，媽媽喝杯咖啡後睡一下吧。」

看到女兒咧嘴一笑，內心頓時輕鬆不少，所以大家才會說家裡至少要有個女兒吧。哐！我被關門聲嚇了一跳。喀啦。女兒是有什麼祕密嗎？怎麼還把房門鎖上了。反正青春期一旦開始，女兒也只會說「媽媽妳什麼都不懂」，然後把我趕出來吧。我經常覺得，女兒把自己的心都分給了那些偶像。分給我的部分會逐漸消逝吧？其他偶像、更多的朋友，以及總有一天異性會瓜分掉我的份量吧？我只會變成一個做飯給她吃、替她洗衣服的人吧？我的位置會在孩子的世界裡消失不見吧？我忍不住哭了出來。我悄悄關上房門，哭泣卻有如洩洪般無法很快止住。這一定是因為更年期的緣故。我殷切盼望是如此。

世上的所有女人都會經歷更年期嗎？只要將它視為理所當然，接受它、忍耐它就行了嗎？

---

8 葡萄牙語的「再會」之意。

9 克拉棒為偶像團體SEVENTEEN粉絲應援手燈名稱。

我帶著期望暴風雨盡快離開的心情喝著石榴汁[10]，也找賀爾蒙劑和女性維他命來吃。只要把時間花在跟朋友們見面、到處吃吃喝喝，這段時期就會不知不覺的結束嗎？儘管如此，這些症狀好像完成任務之後就拍拍屁股走人了，日子一到，月經又來了。我低下頭，看到經血量不僅很少，顏色也很不明顯，不禁感到洩氣。聽說最近不講「閉經」了，但我不禁懷疑，這麼缺乏活力的玩意能夠稱為「完經[11]」嗎？沉甸甸的下腹與失去彈性的胸部也如水流般搖來晃去。

那天晚上，丈夫和兒子汗水涔涔的回到家。兒子洗澡時，丈夫猶如捎來消息的小燕子般嘰嘰喳喳說個不停。

「妳就不必擔心了，我聽他講完後，發現都是一些問題很多的丫頭，聽說她們本來就惡名昭彰。不過啊，看在妳的份上，我還是說了他幾句：『你也有自己的面子要顧，要是和太輕浮的人走在一塊總是不太好看嘛，是吧？人總是要顧及體面的。』他點點頭，馬上就聽懂了。我還要他這陣子克制一點，要是惹媽媽不高興，我倆就等著餓肚子了。我看他全都聽懂了，所以妳也別愁眉苦臉的了。」

丈夫與兒子帶著散發洗髮精香氣的一頭溼髮，在餐桌上相對坐著，兩人邊打鬧邊嘻嘻哈哈。看到丈夫與兒子毫無顧忌大笑的模樣，我越來越感到不自在、也很不高興，要解決的問題不是兒子的面子或我的心情。我握著寫有女生姓名的便條紙坐在餐桌前，暗自下了決定，就算沒有丈夫的同意，就算兒子不答應，我也打算說該說的話。

此時，女兒在廁所裡大叫：「媽媽！媽媽！」

女兒脫下了沾有深紅血漬的內褲，哭喪著一張臉。她的初經來了。我讓張開雙腿站著、一臉尷尬的孩子先坐在馬桶上，替她擦掉大腿內側沾上的血漬。女兒不停發抖，最後忍不住哭了起來。看到女兒說自己都學過，也知道這很正常，可是還是覺得很害怕，我頓時覺得很不忍心，緊緊抱住了她。

將女兒擁入懷中後，我想起那些和兒子來往的女孩們。那些孩子的生理期應該都來了，她們第一次來經時也害怕得發抖嗎？真希望當時也有人抱住那些孩子，安撫她們說「不要緊的，妳們沒有做錯什麼」。

「媽媽，妳也哭了嗎？為什麼要哭？我不哭了，別哭嘛。」

我無法開口，說因為想到妳身為女人，想到如今連年幼的妳都得承擔世界上一切的不公平與不義，讓媽媽覺得很傷心。一頭霧水的女兒輕輕拍著我的背，很快就止住哭泣，接著吃力的說要自己試著貼衛生棉。她是這麼一個年幼的孩子。

丈夫和兒子不知所措的在冷掉的食物前等著妻子與女兒、媽媽與妹妹。女兒好不容易用自己的雙手黏好衛生棉，尷尬的笑著走向他們。

---

10 石榴有「女性的水果」之稱。

11 韓國過去稱女性的停經現象為「閉經」，但字面帶有「作為女人的人生結束了、喪失女性特質」的負面意涵。後來興起以「完經」取代「閉經」，強調「從月經中被解放，迎接人生第二幕」的概念。

看她蹣跚走路的模樣，我不禁想大聲傾吐心中的歉意，無論是對誰都好——智叡、秀敏、佳英、慧彬、素英……我在心底暗自呼喚那些寫在紙條上的姓名，接著突然發現，女兒的月經好像和我同一天來。

作家筆記

這篇小說的原文標題是「갱년기」，漢字為「更年期」。「更」讀作「갱（Kaeng）」時有「再次、更加、反倒、相反地、怎麼」的意思；讀「경（Kyeong）」時則有「修正、改善、變更、改變、償還、賠償、連續、繼續、經歷、經過、通過、老人、夜晚時分」之意。若從意思上來看，後者似乎比前者更合適。

另一方面，「경년」又可對應好幾組漢字，像是「頃年」指近年，「慶年」是指值得慶賀的一年，而「經年」則指經過一年或數年之意。

「자궁」的漢字為「子宮」。三十幾年前，我學習到這個詞是指「兒子成長的宮闕」。聽說二〇一七年的小學性教育課程時則定義為「孩子的家」。

起初構思小說時，標題原為「七五年生的金智妍」。金智妍是我的本名，也是撫養兩名女兒，明年即將四十四歲的女人。當然，當時構思的故事並沒有成為這篇小說。

原本就預期文章寫起來會很辛苦，果不其然真是如此。這是我非常想參與的企畫，所以很爽快就答應了，不過欣喜之情也只有在接到邀請電話的那一刻。

為什麼覺得辛苦呢？因為從書上讀到的女性主義、社群網路上接觸到的女性主義、我所知道的女性主義和期望的女性主義、在我家中解釋給女兒們聽的女性主義和說服丈夫的女性主義、我曾經想在小說中書寫的女性主義和終究囚禁在我的小說內的女性主義，全都是各自不同的語言。最重要的是，實際上，我所實踐的女性主義無法追趕上所有的女性主義，所以我經常感到進退兩難，我會好好反省的。

率先讀完小說的S說：「別寫女人的敵人是女人、女人的敵人是男人那種言論，還有，揚棄悲慘淒涼的女性主義吧！」這正合我意。但仍忍不住想，我在十年前寫的小說——女人拿鐵鎚敲碎男人腦袋的故事，會不會反而更像女性主義小說呢？不過，我想沒有人會知道這次無人死亡的小說其實要難寫十倍，所以就寫在這裡了。

「為何要那樣輕率的妄下定論，說不結婚的人一定會孑然無依？為什麼不肯認同，世界上也存在著多數人的選擇之外的其他人生？終究，我和貞雅都是相同的，我們都過著各自選擇的人生，也只是對自己的選擇負起責任罷了。」

這是我在琢磨、修改的過程中刪除的句子，但奇怪的是，我並不想丟掉它們。

在此要向提供無數令我難以招架的經驗談、真實故事和傳聞，並要我拿來當小說題材使用的朋友和鄰居們致上謝意。幸好，我們又多了一本可以共同閱讀的書。我會將這本書送給他們以示感謝。

我將石榴剝開來吃，指縫間因此被染成黃色。

〈更年〉這篇小說完成於二〇一七年秋天。

崔正和

최정화 © Kim Junyeon

1979 年生於仁川。2012 年獲創批新人小說獎，正式踏入文壇。曾獲第 7 屆青年作家獎，著有《極度內向》、長篇小說《不存在的人》。

讓一切回歸原位

「小律，妳的溼疹好像還沒好耶？」

我正從櫃子裡取出相機時，科長如此對我說。他的語調單調無起伏，聽不出來是提問還是自言自語。一陣蟬鳴倏地響起，讓我錯過了回答的時機點。現在都九月了，仍不時會聽到蟬鳴聲。當空氣瀰漫著窒息般的靜默時，若蟬鳴聲突然竄進耳朵的話，內心就會像被清空般感到暢快無比。

「等夏天過了，應該就會痊癒了吧。」

多虧蟬鳴攪局，我隨便應了兩句搪塞。

整個夏季深受溼疹之苦，手掌心留下一塊塊宛如小型動物在上頭尿尿的褐色痕跡。先前有過皮開肉綻的情況，還冒出一個個膿包，也曾經表皮變得猶如爬蟲類皮膚般醜惡，卻絲毫不覺得疼痛。科長碎念了一頓，說年輕小姐的手變成這樣成何體統，是不是得多花點心思保養。雖然我一直有服藥，陸陸續續也有去打針，每天早晚進行消毒，溼疹依然不見痊癒。只要傷口幾乎快癒合了，就會再度蔓延，結痂又脫落的狀況也發生超過三次。原本我已經對搔癢、刺痛感、伴隨灼熱紅腫的一連串症狀越來越無感，卻因為科長的一句話，再次引起了難以忍受的搔癢。

從去年夏天開始，L市的建築物便猶如患傳染病的牛般無力倒塌。每當身穿黑色夾克、背上寫著粗大白字「韓國建設」的一群人動員，將好端端矗立的建築打造成廢墟，那個地方就會有好一段時間杳無人跡，以頹圮不堪的樣貌遭到棄置。原先的居民一聲不吭的離去，過不了幾個月便蓋起新建築，彷彿什麼事都沒發生般換上新招牌。

聽說有個收集毀壞建築的內部影像和資料、加以建檔保管的工作，我沒有多想就加入了支援行列，工作卻因此全落在我頭上。先前我剛好有些疲於應付他人，認為獨自在安靜的廢棄建築內工作是一項優點，但大部分工作時間我都得一個人行動，巡視崩塌建築每個角落的工作也不如想像中輕鬆。

我有意識的和科長保持適當距離，盡可能避免聊到與工作無關的話題，之所以會提起私人的事，都要歸咎於溼疹。溼疹逐漸擴散到引起他人注意，畢竟大家使用相同的辦公室，也無法佯裝不知道。但問題就在於交談一直無法拓展到其他範圍，始終在相同話題上打轉。科長猶如一隻不肯放掉掌中鼠輩的貓，反覆詢問溼疹的事，再三重複的對話越來越令我難以忍受。

我從抽屜取出軟膏塗抹在手心，揹好背包站了起來，用紅筆在辦公室後牆貼的外勤簿寫上「十點到下午一點」。因為是一棟五層樓的建築，應該兩小時就可以結束，但也許會發生意想不到的情況，所以多抓一小時左右會覺得比較安心。就算按照預定計畫結束作業，也沒有人會怪我多領一小時的薪水，所以大致上我都會多寫一小時，畢竟有時工作也會比預定時間更晚結束。若將各種情況加加減減，從結果來看算是很公平，我既沒有占便宜也沒有吃虧。

我搭著公車，把在小吃攤買的紫菜飯捲放入口中細嚼慢嚥著，一邊欣賞擦肩而過的窗外風景，感覺就像是去郊遊。若將視線放在陽光底下花枝招展的建築或人們身上，心情就會瞬間明亮起來，可是沒過幾個公車站，眼前風景便緩緩失去光芒。接下這項工作後，偶爾會發生這種情況，周圍逐漸變得昏暗混濁，最後我會深陷在完全失去色彩的幻影之中。

當時，我暴露在眾多刺激之下。原本我以為崩塌的建築會是無人、安靜的，是逐漸死去的場所，它卻居然是熙熙攘攘的L市最嘈雜吵鬧的地方。雖然見不到任何人影，但人群的聲音會從四面八方蹦出來，沒有任何完整的形體，卻幾乎包含了世界的一切。

最近我也經常發現燒焦的痕跡，從那些被灰燼覆蓋的事物中，我見到太多的故事。崩塌的建築彷彿等待已久般撲上來向我傾吐苦水，我則是揮汗如雨，努力將它們記錄在相機鏡頭中。經歷這些洗禮後，週末我無法見任何人，連音樂也不聽，把燈關掉後就躺在房間裡，除了窗外偶有鳥啼聲傳來，或有微風吹動窗簾，不管任何聲音或動靜，我都無心去觀看或聆聽。

科長越來越歇斯底里了。雖然親眼看到崩塌現場實在很有壓力，但要忍受科長以近乎廢棄建築的姿態坐在辦公室也非易事。最近我覺得他有些可疑，他在檢討作業影片和照片時，不時會用眼角餘光不爽的看著我，好像那些照片和影片中發生的事全是我惹出來的。

科長八成忘記了，照片只是紀錄罷了，不是什麼藝術家的作品。如果他從照片中感受到某種違和感，那是理所當然的，因為那些照片全被燻成暗灰色，形體傾頹不堪，脫離了它們一直以來維持的秩序；因為那照片裡沒有半個人，卻存在著人的痕跡，只是那痕跡又遭到了破壞。

不過，我並沒有無中生有，那並不是我的傑作。而是L市，是混亂的本尊。說起可疑，看著我拍攝的照片並試圖打量評估我的科長比我可疑多了。我是災難的記錄者，可不是創造這場面的導演，但科長老是想從我交出去的檔案中尋找我的意圖，好像我心存不軌，打算破壞L市偉大高尚的形象一樣，他一面仔細查看影片，一面懷疑我。

他看了一次照片，又看了一次我的臉，彷彿在觀賞自己不認識的珍奇動物般瞅著我，並將雙手交叉於胸前，好像我拍的影片有哪裡不對勁，好像他所觀看的那些畫面都是我一人自導自演。

他將臉貼近螢幕，搖搖頭，接著像是有什麼了不起的發現，慢悠悠的問我：「可是，小律啊，妳說妳的手什麼時候會痊癒？」

我之所以會在每回進入建築前，先跑去便利超商吃一碗杯麵，並不是真的因為肚子餓。每次進去前我必定會覺得胃痛，這大概是因為內心無法坦誠道出自己不想進去，所以才拐個彎用飢餓感來告訴我吧。明知這是種錯覺，我仍一次又一次走進超商，買能最快填飽肚子的杯麵來吃。

我將彎彎曲曲的麵體放到足有人臉那麼大的圓形塑膠蓋子上，也沒有確實咀嚼就往喉頭深處送，接著便能換來片刻的安心踏實。添加到湯頭中的化學調味料能夠提振心情。我聽說有同事會將濃度高的酒倒入小的不鏽鋼瓶內隨身攜帶，工作期間三不五時就拿起來小口啜飲，但對於我這種天生就沒有解酒酵素的人來說，杯麵無疑是最佳選擇。我就像那些大白天飲酒的人，心情變得些許飄飄然，接著表現得像是手持邀請函走入慶典的人般，抬頭挺胸的走入建築。

只要能過通過大門就等於成功一半了，世上的事都一樣，都是一種與時間的搏鬥，與體力的搏鬥。

我先將鏡頭對準出入口。以崩塌現場來說，出口的欄杆大多會呈斷裂殘破狀態，留下血跡的情況也屢見不鮮。只要看出口，大致就能夠猜想到建築整體的受災強度。此處的破壞程度屬中上。我拍下斷裂的鉸鏈與被吹到內側的半焦腳踏墊，然後站在被煙塵燻黑的玻璃窗前回想外面的風景，卻怎麼也想不起來分明有經過的那些地方。反倒是站在那燻黑的玻璃窗前時，腦海中恣意浮現的畫面始終抹不去，化作鮮明的記憶。

周圍的人說，如果持續盯著白色圖畫紙看，就會發現顏色慢慢變得不一樣，還說成天在那暗灰的建築裡工作有礙身心健康，極力阻止我。但從來沒有做過這工作的人，有可能知道它做起來是什麼樣子嗎？光是將崩塌的建築比喻成白紙，就是自打嘴巴了。

儘管日常風景在剎那間崩毀為灰色的廢墟，工作時卻全然相反，在徹底灰黑的空間內反倒經常有顏色互相交疊，即便在灰黑的建築內，我也經常遇見彩虹。有時，一縷陽光鑽進煙塵之間，為廢墟打造出照明，看起來是如此燦爛奪目。

我出神凝望從形體崩潰的幽暗空間中誕生的全新意象，看著灑落在坍塌階梯上的一縷陽光，獲得了再往上爬一層的力量。

◇

兩名繫著頭巾的女人坐在人造皮革沙發上，一個人在看電視，另一人則是以百無聊賴的表情翻閱雜誌。髮型設計師正在替一個看起來像是小學高年級的小女孩剪頭髮。

「我要剪髮。」

告知要做的項目後，我輕輕坐在沙發邊緣。

剪髮刀片互相撞擊的聲音，髮絲輕盈掉落地面的聲音，不禁讓人產生這世上的事物是否均由極為輕薄的東西所構成的想像。小女孩的四周彷彿由一圈圈如井牆般的黑圓所構成，但設計師一踩過那上頭，瞬間就被打散。

「妳的手怎麼了？」女人詢問，視線依舊停留在電視上。

「是溼疹，只要到了夏天，手就會出現問題。」

「溼疹？」女人悄悄將視線停留在我的手上，接著又興致索然的將頭轉向電視。

我竭力將發音準確說清楚，好讓對方明確知道這是溼疹。我對於每次都要說明這件事感到厭煩，乾脆拿起絲毫不感興趣的時尚雜誌。

「好了。」

女設計師取下圈在小女孩肩膀上的矽膠護頸枕。小女孩站起來後，身軀顯得更嬌小了。現在輪到我了。設計師在我的肩膀上圍好剪髮斗篷與矽膠護頸枕，拿起剪刀。

「妳想剪什麼髮型？」

「我要剪得很短。」

「很短的短髮？」

「不是，男生頭。」

我覺得有必要再向設計師說明一下，所以指了指綁著繃帶的手。

「因為要洗頭髮很不方便。」

設計師皺起眉，用噴霧瓶將頭髮噴溼後，宛如在肉舖裡畫分肉的部位般將頭髮分成好幾個區塊，剪下一搓又一搓頭髮。

嗒嗒，由輕盈所構成的世界開始了。

「剛才那個孩子好像從來不梳頭，髮梢都打結了，把我累得半死。她不是來剪造型，而是來解開打結的頭髮吧。」

嗒。

嗒。

又有一搓頭髮掉落地面。

「不過，妳的手怎麼會變成那樣？」

設計師大概沒聽到我剛才和後面的兩個女人交談。

「被刀子劃到嗎？我之前削蘋果時劃傷了手，一直沒復原，讓我吃了不少苦頭呢。」

「啊，不是的，只是患了溼疹。」

◇

「剛才在走廊上，我就走在小律妳的後面，可是卻沒認出來，還以為是別人呢。」

科長好像對於沒認出我這件事感到很扼腕。

「雖然最近有很多短髮的女生，不過小律妳剪了男生頭之後，簡直就像另一個人似的。再加上妳的手包成那樣，背影看起來就像是完全不認識的人，我還以為是哪個受傷的學生走錯地方呢，沒想到會是妳。不過，妳把髮型剪成這樣後，完全猜不到年齡耶。最近的孩子發育得很快，就連有些小學生都長得像大人一樣高呢。」

我之所以會漫不經心的聽科長說話，原因就在於眼前打開的檔案。雖然有時會在拍攝影像的過程中發現自己的失誤，當然也會有拍攝時渾然不覺、直到在辦公室重新回捲底片時才發現的狀況。我經常會犯下像是忘記某個樓層、或特定地點拍攝比重過高的失誤。可是我在檢查昨晚拍攝的內容時，發現了完全無法只用「失誤」輕輕帶過的過錯。

昨天的現場是棟六層樓建築物，我卻沒有往上面的樓層走，一直在拍二樓。我記得我甚至還跑到了頂樓，可是從相機中的照片來看，別說是走到六樓，我一直停留在二樓。二樓、暗場[12]，接著是二樓和暗場，然後又是二樓。

我偷偷瞥了一眼科長，看他在做什麼，結果他正在試吃新產品水果果凍。這是在辦公室見怪不怪的風景，是科長的和平時光——他的零食時間。看到他一臉平靜的微笑，勤快的挖起一

12 相機蓋上蓋子按快門，用以區隔不同場景。

匙又一匙果凍，我倒是莫名感到安心。

我再次按下播放鍵，仍只有相同的畫面出現。相機沒有任何異常。每當二樓的樣貌重複出現時，都會有非常細微的構圖差異和變化。也就是說，我持續在拍同一個地方。

我看到二樓燻黑天花板的畫面已經重複出現了三次，擦了擦自己身上的冷汗。燻黑的天花板和牆面、倒下的桌子和花盆、居家用品，還有破裂的地板磁磚，相同的東西持續以不同構圖變換著。

科長看也不看我一眼，劈頭就問：「這新產品很不錯耶，小律妳要吃吃看嗎？」

科長的提問將我從苦難中解救出來。我可以感覺到背上冒著汗，有種被什麼刺到的灼痛感。我記得這種感覺，是背部感受到原本在手上的疼痛。雖然知道是知覺出了差錯，但背部仍然感到灼痛不已。

我取出消毒水，擦掉黏在手掌心的黃色膿瘡，然後抹上軟膏。手掌中間宛如乾旱龜裂的土地般裂開。乍看之下，手上的傷疤也像某種擁有醜惡外貌的生命體，齜牙咧嘴著。

「要是再這樣下去，真不知道裡頭會跑出什麼來。」我不禁自我解嘲。

我將相機放入背包，在外勤簿上以紅筆寫上「九點到下午兩點」。

「今天這麼早就要出去啦？」科長問道，我回答說對，也不知道是不是無話可說，他又問我溼疹有沒有好一點，是不是依然毫無起色。

「也許不是溼疹，而是其他病狀？」

我不曉得科長想的是什麼樣的病。

「我是在想啦，會不會去大一點的醫院做個詳細檢查比較好？現在已經十月了，天氣乾燥到大家都必須隨時擦乳液了，妳怎麼會得溼疹？小律，妳不覺得有點奇怪嗎？」

我告訴他，溼疹已經慢慢好轉了，並沒有繼續惡化，只不過為了預防經常不自覺的碰水，提醒自己那隻手正在接受治療，才故意纏上繃帶。

科長像是在說「真是什麼怪事都有」般撇了撇嘴，臉上寫著「真搞不懂妳的思考方式」。因為隔天就必須繳交拍攝的成品，所以我再度前往昨天那棟建築。我在路上發生了幾個突發狀況，先是搭錯了公車（一次是號碼完全不同的公車，另一次則是搭到往反方向的公車），所以必須重新轉乘兩次。後來，即便我在超商用杯麵填飽了肚子，也沒有想走進建築物的念頭。

那一天，即便是化學調味料的湯頭也起不了任何作用。明明只要走進建築物就行了，我卻一點也不想通過門口，腹部彷彿被鑿穿般沒有半點力氣。我心想，稍微休息一下再試吧，但在建築前的花圃附近耗了一個小時之後，仍然提不起勇氣。

我在附近商店四處張望時，發現了一間小巧的服飾店，感覺它具有某種宗教的氛圍。我曾聽說有少數人會組成勞動合作社並居住在一起，他們住在郊外，在市區內經營幾家商店，以販賣自製商品的收益來經營合作社。商品設計高雅，由天然纖維製作而成，男女通用的商品就占了一半，顏色全是平凡的米色、灰色、黑色和白色。

對於不是獨特的款式或顏色，我平常連看都不會看一眼，但我邊想著「這就是所謂的低調含蓄嗎？」邊將幾個基本款設計的商品放到籃子裡。秋天冷不防地到來，我正好需要幾件長袖衣服，於是挑了一件放在辦公室、隨時外出可穿的毛衣，一件棉褲還有兩件襯衫。結帳時，店員問我有沒有會員卡，聽到我回答沒有，店員表示如果辦會員卡就能累積點數折抵金額。

「那就辦吧。」我開始填寫起資料，但突然心生一股排斥感，所以故意將電話最後一碼寫錯。

「請問，您的手怎麼了嗎？」職員的口氣帶著同情。

我想起了設計師，回說是在削蘋果時劃傷的。

「我也經常被刀劃傷，雖然不曾劃傷手掌就是了。主要是傷到手指，所以經常纏著ＯＫ繃。」

我靜靜凝視著手掌。繃帶纏繞著整隻右手，若說是削水果時的傷口，面積未免過大。

「您先生是偏瘦的體型嗎？我們家的商品要比別的地方尺寸小一些，我看您挑的全部都是Ｍ號，有時一般穿Ｍ號的人也會拿Ｌ號。您要不要再考慮一下？」

「不用了，沒關係。」

「您應該是趁午餐時間出來購物吧？最近很多人這樣。」

既然店員不可能知道我的工作狀況，所以只要點頭回應即可，我卻突然想要加以反駁。

「我上午休假，我們公司經常這樣做，因為如果員工一下子休很多天，站在公司的立場上會變得很為難，所以會如此建議員工。」

職員將衣服放進紙袋，連同收據一起遞給我。

「那個……」

見我猶豫再三，職員再次眉開眼笑。

「要替您換L號嗎？」

「不，不是這件事，剛才說的蘋果，是我記錯了，不是蘋果而是南瓜，因為南瓜太硬，所以刀子滑掉了。」

小馬說，似乎是因為我無法掌握那個空間才會發生這種事。我問他什麼叫作掌握空間，他卻遲疑了。大概他也不曉得明確的意思，只是天馬行空的猜測罷了。儘管如此，他仍很努力想提供一些合理的解釋。

「我有說過我最近在修練嗎？我們會閉上眼睛觀看自己的身體，接著就會開始觀看空間，一旦掌握空間，就會再次掌握我們所身處的位置。」

小馬暫時停止說話，似乎是在確認我有沒有聽懂。

「只是在想，妳會不會是缺乏那種感覺。我所認識的妳，也就是說，妳別誤會我的話，先聽好了。」

我沒有嘗試過修練那種東西，不知道什麼是掌握空間，也不知道什麼是閉上眼睛觀看自己。

聽到我對此表示好奇，小馬只是含糊其辭，「我們並不只是透過眼睛，也就是名為瞳孔的鏡片來看世界。」接著像是靈光乍現般提高音量。「有個在修練的朋友可以閉著眼睛猜到周圍某個地方有什麼東西，假如不是他的後腦杓有第三隻眼，那就表示他掌握了空間吧？大概就是這種感覺。」

儘管我並不是憑自身經驗學習到「空間的掌握」這個說法，但用那種方式來說明我所面臨的處境感覺很新穎有趣，我甚至開始認為它很有魅力。根據小馬的理論，透過修練，也就是某種技術的訓練，我就能擺脫目前經歷的問題，這顯然是個很正面樂觀的結論。

總而言之，為了補足上面樓層遺漏的紀錄，我必須再次回到那棟建築物內是既定的事實。翌日早晨之前，我必須將檔案交給科長。

與小馬分開後，我再次前往建築現場。即便是光天化日之下進去都需要鼓起勇氣了，想到必須在大半夜獨自進入那個地方，我不免萌生退意，但該做的事還是得做。我彷彿牽著一匹不聽話的馬兒到湖畔般，最終還是來到建築物前，終於硬著頭皮通過入口，用原子筆在手掌心上寫下數字，一層一層往上爬。

翌日早晨上班時，科長站在我的座位前，愣愣的注視空蕩蕩的書桌。他若有所思的維持好一段時間，就連我進辦公室也沒察覺，直到我刻意大聲向他打了招呼，他才猛然轉過頭。

「小律，妳來啦？」

「對不起，我遲到了，早上起得太晚了，真抱歉。」

「沒關係，難免嘛，工作超過一年了，這還是第一次呢。我正在想妳是不是不來上班了，因為有人就是這樣，某天一聲不吭的就沒來上班了，真是幸好啊。」

科長說在那種地方工作並不容易，很突然的稱讚我很有毅力。

見我臉紅，科長的一雙眼睛突然閃閃發亮。他可能覺得我的內心因此掀起了一陣漣漪，他彷彿一隻發現獵物的老鷹般，帶著饒富興味的表情緩緩向我靠近。

「可是，小律啊，妳的手真的有去醫院治療吧？」

麻雀嘰嘰喳喳的叫聲從不遠處傳入，一絲涼風從敞開的窗戶流淌入內，彷彿在問候我般吹拂起我的髮絲，接著又輕輕放下。這是個典型而美好的晴朗早晨，科長的心情也看起來比平時更加愉快。我看著科長將裝有零食的超商袋子放在辦公桌上的背影，驀然心想，我每次進入建築時所產生的恐懼，是不是和他每次進辦公室時感覺到的一樣？

科長一面撕開水果果凍的塑膠蓋，一面開口：「面試的時候，我還以為小律妳是個很瀟脫豪邁的人呢。」

科長像是在回想遙遠過往般抬起頭，隨即挖起果凍放入口中咀嚼。

「還有，昨天繳交的檔案……」

我無法等科長把話說完，隨即開口：「啊，因為之前拍好的影像不見了，但出勤時間已經用掉了，我也不好意思再多要時間，只好等晚上下班後再去補拍。」

「要是妳提早說，我可以調整時程。就像妳說的，畢竟時間和燈光都有差異。不過，我不是指這件事，是覺得有哪裡怪怪的。」

科長注視著我的手。

「可是，妳的手還是老樣子嗎？到現在還沒痊癒？」

我甚至還假裝咧嘴笑著說手沒事，含糊的說真不好意思讓科長費心了。

科長繼續問：「小律，該不會那天在那個地方發生了什麼事？」

「什麼？」

我不懂科長的言下之意。

「我是指，在那棟建築內是不是發生了什麼不好的事？」

我不曉得該如何回答。

「因為太乾淨了。妳去的時候真是如此嗎？真的只有三樓像是什麼事都沒發生一樣，收拾得乾乾淨淨？」

科長老大不高興的噘起嘴巴，頭各往左、右歪斜一次。

我剎時精神全來了。

「是的，科長，您說的是三樓吧？三樓有點奇怪吧？我也有同感，我當時也覺得很奇怪，但那個畫面不是我設計出來的。您要我說明這一點……畢竟我只是負責記錄的人而已。雖然我也覺得很奇怪，但我的工作是拍攝，所以也只能照實記錄。我只是按照吩咐將那個地方記錄下來罷了。我是攝影師嘛，不是設計畫面的導演，只能如實拍攝那個地方，別無他法……」

話說越多，我越顯得侷促不安，平時是因為科長總毫不避諱的盯著我，看得令人不爽，這次卻完全沒有轉頭看向我這邊。我覺得他是故意迴避視線，所以開始感到不安。我再也無法忍受了，所以反覆說著相同的話，音量也越來越大聲。

科長原本已經準備轉向我這邊，但又再次凝視畫面。我忽然領悟到一個事實——科長有多努力避免盯著我，我也同樣在避免看科長正在觀看的畫面。

我再也想不出要怎麼更大聲嚷嚷了，科長則是將沒吃完的水果果凍放在辦公桌上。

雖然我沒有看畫面，但我知道是哪裡出了問題。畫面中的建築內樣貌太過乾淨整齊了。那是個已然崩塌、遭到破壞的場所，卻沒有一項物品散落四處，全都規規矩矩的放在原位。壁紙已經燒焦了，桌椅卻井然有序，灰燼上的碎裂磁磚一絲不紊的排成一列，被折斷的花束被擱放在破花瓶中，斷裂的桌腳並排放在沙發上。

不管是誰見了，都可以一眼看出有人在拍攝前做了整理。

我會將那個晚上做的事情說出來，我對那件事沒有絲毫羞愧之意。任何人都有多管閒事的時候，若扣除有違事理這點，這不過是很平常的狀況。我認為，這只是大家都會碰到、並試著想解決的一般情況罷了。

我的確整理過三樓。

當然，一開始我並沒有那種想法。起初我發現了夾在倒下的沙發靠枕之間的衣角，將它抽出後，裙子也跟著出現。我心想，沒有必要拍那件裙子，反正又不是這個地方的一切事物都需要資料化。某些東西被排除，只有某些事物被選擇。可是，有必要將那件裙子記錄在畫面裡嗎？我認為裙子的主人不會希望如此，而且就算扣掉它，也不會對這項作業造成任何問題，所以我將夾在抱枕之間的那件裙子放入相機包。

可是，將裙子抽出後，又在桌上看到貌似屬於同一人的帽子。我心想，既然裙子都藏起來了，讓帽子出現在畫面上又有什麼用，於是又將帽子放入包包。然後，我又覺得裂開下垂的窗簾讓整個畫面變得很詭異，因此以一定的間隔摺好窗簾，用掉落在地板上的電線綁起來。我將倒下的沙發立起，因為覺得這樣看起來會比較協調。反正沙發已經破爛不堪，就算它沒有翻倒在地上，也不會對傳達情況造成任何問題。在這之後，我將桌面上的玻璃碎片收集起來並丟到垃圾桶，同時也清掉了散落一地的垃圾。事情一件接一件進行著，我並沒有什麼特定的意圖，就這樣把三樓凌亂不堪的物品整理得井然有序。

當然，我並不是被派去整理現場的，我要做的是用影像記錄下現場的樣貌。或許可以說，萬一發現什麼可疑之處，我的工作就是原封不動地將它記錄在畫面裡。但我無法這麼做，為了記錄現場的樣貌，我必須先將那個地方做一次整理。

當時我的腦海中只有一個想法——讓一切回歸原位。

在將房間清空之後，我已近乎虛脫，但我盡可能讓那間房子恢復先前樣貌，而努力的成果呈現在眼前時，我明白了自己是真心想做這件事。雖然覺得自己隨時都會昏厥，但我總算鬆了一口氣，這時才舉起了相機。

拍完照片後，我又莫名感到不舒服，心臟狂跳不已，要我多巡視一下周圍，告訴我某個地方還有物品易位了。

我按著膝蓋站起來，從房間的出入口開始，以順時針的方向緩緩繞了一圈，開始尋找被放錯位置的那個東西——不停唆使我的心臟的那樣物品。但是三樓現在已經很完美了，能夠移動的一切物品均被放回了原位，再也沒有什麼東西能經由我的手變得更好。此時我迫切想離開這棟建築物，體力已經徹底見底，彷彿下一秒就會虛脫倒下。

我打開包包，打算放入相機時，看到了裝在裡頭的裙子。如果想將相機放進去，就必須將那些衣物丟在某個地方。我先取出裙子和帽子，接著將它們放入垃圾桶。在我正要將相機裝進包包時，心臟又開始咚咚跳個不停，大叫著有某個地方不對勁，沒有被放在原位。

我低下頭看著握住相機的手，用繃帶纏繞的右手。

我放下相機，開始解開繃帶。我的右手，它分明長在我的身上，卻再也不屬於我。拿著相機的手見不到那些宛如小動物排泄痕跡的褐色斑點，這並不是患了溼疹的手，不是我那有著多處疤痕和傷口、被燻黑的手，而是白皙光滑、沒有半點傷口、指甲被修剪得很短、手指粗厚的一隻手。它要比我的手長三公分，指節粗大的手指也和我的天差地遠。

我的手應當所在之處，卻錯置了他人的手。

這是某個男人的手。

雖然我不知那男人是誰，但他的手接在我的手腕上，有了自己的生命，兀自移動著。

作家筆記

認識女性主義之後，我活得要比先前自由許多，再也不需要穿著無法暢快呼吸的內衣，再也不覺得體毛有礙觀瞻，在公共場合拿出衛生棉時也不會感到丟臉。身為受害者的我，不再懷有罪惡感或為此感到痛苦，在對方怪我太敏感時，也有了向對方表達自己不快的勇氣。

但另一方面，我又感到不自由。我害怕自己體內嫌惡女性的部分會不由自主的蹦出來。我雖身為一名女性，但也曾貶低或侮辱女性，以男性的目光來衡量自己，認同違背自己性別認同的文化。

在寫這篇小說時，我同樣感受到相似的恐懼。我擔心冠上「女性主義」之名的這篇小說會不會有哪個地方出了差錯，就好像我身上某個受到汙染、卻不願接受的部分會被他人發現。

哪怕只能跨出一步，我帶著戰勝恐懼、向前邁進的意志寫下這篇小說。我希望，有時更習慣用男性目光看待世界的我，以男性的口吻訴說世界的我，能夠最先獲得解放。

孫寶渼

손보미 © Son Bo Mi

1980年生於首爾。2009年獲《21世紀文學》新人獎，2011年以短篇小說《毛毯》入選東亞日報新春文藝，正式踏入文壇。曾連續4屆（第3至第6屆）榮獲青年作家獎、第46屆韓國日報文學獎、第21屆金俊成文學獎。著有短篇小說集《讓他們跳一支林迪舞》；長篇小說《Dear Ralph Lauren》。

異鄉人

走在那條路上時，她一次也沒有眨眼，因為她想盡可能去感受眼前的一切。她的前方有數百棵扁柏，高聳入天，足有成人身高的四倍。儘管互相交疊的枝葉遮掩了天空，光線仍從縫隙四處灑落，若是駐足仰頭，就能從樹葉之間看到稀疏的藍天與飄動的雲朵。完美的色澤。瞬間，咬緊牙關的雙唇間逸出苦澀的笑容。她再度邁開步伐，內心比任何人都清楚，如果繼續走下去會遇上何種風景。

在森林的盡頭，視野所及的只有空蕩蕩的懸崖峭壁。彷彿某個人漫不經心的將世界給截斷了。風兒一副滿不在乎的樣子，沒有絲毫動靜。

當然是這樣啦……她站在懸崖邊緣往下眺望，頓時一陣天旋地轉。她下定決心，在跳下的那一刻絕對不會閉上眼睛。

將她從睡夢中喚醒的是一陣敲門聲。儘管那聲音響亮得彷彿足以敲碎整棟建築物，但並不粗暴。在她的雙眼還沒完全張開、硬是吞嚥口水好讓自己清醒的時候，那個敲門聲也沒有停止。

「哪個瘋子啊？是打算把住這裡的人全部叫醒嗎?!」最後是隔壁的女人出來大吼。

「如果是正常人的話，這時間早該醒囉，夫人。」他的手沒有停下敲門的動作，還老神在在的回嘴。

「真是快把人搞瘋了。」她用手撩了撩凌亂的長髮，自言自語。

她打開門，朝隔壁的女人聳聳肩，對方舉起中指在她面前晃了晃。她並不是什麼壞女人，只不過是睡眠不足罷了。

她的家悶熱陰暗得令人難以置信，他才剛把百葉窗往上拉，她又再次放了下來。他將百葉窗葉片的角度稍微拉開一些，光線趁隙照了進來，在客廳形成了一條長長的光帶。他一面擦拭汗水，一面靜靜環視她的家，以敲門取代按門鈴的魯莽已消失得無影無蹤，整個人回復沉穩。偌大的長條形工作室，牆壁上四處都是裂縫，左側末端有個小小的廚房，家具就只有一張床墊。對於以一張床墊就能四處為家的人來說，空間不免太過寬敞。

她原本想問他這次如何找到自己的，最後又打消了念頭。

兩年前，她在眾媒體的砲火攻擊下，不得不從調查局下臺，「充滿恥辱的退場」「高壓搜查的末路？」這些都還算是比較不毒舌的標題。雖然最後以停職六個月收尾，但她沒有再回到工作崗位，而是搬到城市西邊，丟掉了所有家具，只帶了一張床墊。她知道搜查一局的人都在打賭她晚上睡得好不好、是否成日酗酒。搬家滿一週時，他找上門並告訴她這些事。他說，自己花了點錢，使了點違法手段才找到她。

「其他前輩認為妳是自食惡果。」

她並沒有笑。

「所以，請妳回答我。」

「我沒有失眠，也沒有喝酒。」

「這是件好事。」見她沒有任何回應，他再度開口：「現在前輩也該回來了，那並不是前輩的錯，只是碰巧發生了那種事而已。」

她一臉無所謂的表情：「別再來找我。」

幾天後，他雙手提著裝滿調理食品、切好的水果、巧克力和果凍的袋子來找她。她在他面前將整個袋子塞進垃圾桶。再之後，他拿著凶殺案的檔案跑來，她則是當場將檔案撕成碎片，所有動作都是以慢動作完成。

他以無名指撓了撓眉骨。「我就知道會這樣，所以我帶的是影本。」

第四次找上門時，她已經搬到其他地方，他依然找到了她的住處，兩手提著裝滿食物的袋子和新的案件檔案影本，再次按下她家的門鈴。她沒有替他開門，過了半個月後再度搬家，而他也同樣……這個你追我跑的模式就這樣持續了幾乎一年，直到半年前，他似乎總算放棄要找到她。

還以為這幼稚的捉迷藏就此結束了呢。她雙手交叉於胸前，倚靠牆面看著他，心想。

他有著一雙濃眉，手掌格外寬大，夏季的紫紅色襯衫凸顯出他寬闊而瘦削的肩線，而他的眼眸——通常看起來很純真，只有偶爾像是能看穿人心似的——是褐色的。他將案件檔案遞給她，表現得好像是應她要求似的。她則將他當成隱形人，逕自走到窗戶旁，以食指和中指拉開兩片百葉窗，直射的光線令她頭暈目眩。都還沒中午，整個城市就已在熱氣的包圍之下搖曳著，就連一隻小貓也不見蹤影。一名乞丐坐在陰涼處乞討。

「他是在白費力氣。」她喃喃自語。

「妳看一下吧。」

「這是違法的。」

「調查局的人才資料庫還有前輩妳的名字。」他看著她的背影說道。

她似乎要比先前更憔悴了，眼下暗沉，皮膚猶如灰泥般蒼白。

有什麼問題嗎？問題？怎麼可能沒有？兩年前，那名女子從屋頂墜樓身亡，而男人也在一週後以相同的方式死在相同的地方。女人當時芳齡二十，男人正值二十一歲。

他取出插在檔案盒內的照片，拿到她面前。她頓時覺得有許多顏色在眼前被輾碎，自己好像快要吐了。記得以前第一次到現場時，只有她連眼睛都沒有眨一下。

「妳，對屍體有很強的免疫力嘛。」隨時身穿義大利訂做西裝、白髮蒼蒼的局長說。

過不了多久，大家就發現她的搜查能力就和對屍體的免疫力一樣卓越出色。

「她是個直覺很敏銳的人。」這也是局長對她的評價。

此時在她眼前晃動的照片還稱不上多殘忍，二十五歲左右的女人穿著塑膠袍，雙手合掌放於胸前，頭部轉向側邊。她的左腳往外拐，袍子則被捲至大腿上方，瞪大突出的雙眼周圍有瘀血，脖子似乎被勒過。

他將照片再次放入檔案盒。「是在東區發現的。」

以在東區發現的屍體來說，這具屍體乾淨得令人詫異，而且竟然是窒息而死。在那一區殺人只要扣一下扳機就能解決了，接下來發生的事都不過是場遊戲。他站在窗邊，又調整了百葉窗的角度，房間內部再次變得幽暗，就像他剛進來時一樣。

「沒有半點反抗的痕跡，完全無法掌握死者身分，家人也沒有出現，可是……」

她一副絲毫不感興趣般，沒有任何回應。

他繼續說：「在那女人的小指尾端發現了S，就像那時候。」

「S？」

「Skipion。目前只有我手上有報告。」

她低下頭，單手按住額頭，髮絲滑落，遮掩住半張臉孔。他默不作聲的等待著。最後，她朝他走去。

「你打錯如意算盤了。」她用低沉的嗓音吐出字句。「回去吧，再也別出現在我眼前。」

他將檔案擱在床墊上。他走到外頭街上時，她打開了窗戶，將檔案丟到他身上，彷彿那東西會玷汙自己身處空間的空氣。

◇

四天後，她打了一通電話給他。她手上沒有任何通訊設備，只能向隔壁的女人借用電話。所以說隔壁的不是什麼壞女人，只不過睡眠不足時稍微具有攻擊性罷了。聽到電話撥通的訊號聲時，她打從胃底部湧上了一股酸味。

兩年前那女人的死因是墜樓，這是千真萬確的。無人去理會那女人的小指上留有任何化學物的痕跡，發現這件事的是他，沒有人察覺的細微部分，他卻在看到屍體的第一眼時就發現。他採集了粉末並加以保管，然後向她報告，但問題就出在報告書寫著無法分析出該粉末的成分。是未登記的化學物嗎？這不可能。局長稱之為「Skipion」，但她不懂為什麼，也不曉得那是什麼意思。男人的葬禮結束後，他的母親——身形高挑，戴全黑蕾絲手套的女人——暗地見了調查局長，就在翌日，局長將報告書和相關資料從伺服器刪除，並把紙本報告收進辦公桌最底部的抽屜，用鑰匙鎖上，甚至不讓任何人看那名男人的遺書。

「最好還是別把事情鬧大，警衛[13]，我有義務保護我們的人。」身穿義大利西裝的時髦局長如此說道。

他的分機號碼一如既往。

他模仿著她先前說過的話：「妳打錯如意算盤了。」

他總是這樣，老愛開一些無聊的玩笑，打從五年前被分派成為她的搭檔時就是這個調調。她暗自思忖著，是否能用無聊的玩笑來形容自己度過的這四天，不，也許該說是過去的兩年，又或者自己的整個人生……她可以一如往常般不將他的話放在心上，也可以再度搬家，那並不是什麼難事。

13 韓國警察的職稱。

「Skipion」是什麼？他也幾乎一無所知，他唯一知道的就只有自己被隔絕在所有與Skipion相關的情報之外。儘管如此，他仍察覺到這個關鍵詞是一把萬能鑰匙。掛上電話後，她忍不住乾嘔了好幾次，隔壁的女人像是能感同身受般搖了搖頭，拿了一杯冰水給她。

一小時後，為了去一趟簡易餐廳，她穿著棉質襯衫與休閒褲上街，也戴上墨鏡。這都是因為直射光線的緣故，反胃和暈眩她都還能忍受，但怎樣都無法忍受直射的光線。

簡易餐廳內有兩個穿著性感睡衣的女人坐在吧檯說話，一個短髮，另一個則留著男生頭，她們身形瘦骨嶙峋，簡直要懷疑她們是否患了厭食症。她知道這些女人的任務是什麼。

短髮女人說：「妳知道那孩子最後是在哪裡工作嗎？」

男生頭的女人搖搖頭。

「Reden。」

男生頭的女人露出大吃一驚的表情說：「天啊，那孩子在那裡工作？怎麼會？」

她快速轉頭看了一下那兩個女人。

在這座城市裡，沒有人不知道「Reden」。它是K持有的製藥公司，幾年前，城市裡大肆流傳著「為了開發能夠合法服用的精神科藥物，Reden向有力人士請願」的風聲。儘管如今大家幾乎都忘了曾經有過那樣的傳聞，但總之K對各個領域均有涉獵。K所持有的公司人才濟濟，多的是絕頂聰明的菁英，而在這座城市裡流通的金錢中，有一半與K有著密切關聯。

將鬍鬚留成馬尾模樣的老闆將兩個盒子遞給兩個女人後，走過來將鬆餅盤遞給她，打了聲招呼。無限供應的鬆餅已經變得溼軟，但她從未將鬆餅放入口中。咖啡喝起來有種抹布的味道，杯子上有缺口，空調也像沒有在運轉一樣。儘管如此，對於方才身穿性感睡衣的女人們來說，這裡等於是個救贖之地。當然，對我來說也是如此。就在她這麼想著的時候，他走了過來。

「妳是怎麼知道這種地方的？」

看到他後，她忍不住笑了，是對自己的冷笑。她不知道自己到底想走到什麼地步。他從背包中拿出檔案、西格紹爾手槍和手機，推到她面前。她朝吧檯方向望去，老闆正在和剛進來的男人們說話。

「這是用我的名義開通的電話，費用由我來繳，不用擔心。」

儘管她將手機放入口袋，卻只是靜靜注視著西格紹爾手槍。那是她的槍，雖然兩年前就歸還了，但她認出那是自己的槍。

「我不需要槍。」

「它一直放在槍械管理室，因為前輩妳從未正式離職。」

她一時露出被擊中要害的表情，但幸虧他並沒有看見。

「你別誤會了。」她一臉煩躁，將手槍掖在腰間。

他以不明所以的表情凝視著她，無辜的眨著眼睛。

「我不會回去的。」

走著瞧吧。這句話已經到了他的嘴邊，但又吞了下去。

「吃個晚餐吧？」

她將手舉高過頭，招了招手，走到一半又停下來，視線轉到貼在牆上的舊式電視。電視上在討論有關人造雨的話題，全都是些老調重彈的論調。接著開始播放廣告，可樂廣告後出現了賭博、大麻及擴增實境（ＡＲ）自殺等各種成癮防治宣導。

身穿俗氣綠色套裝的女人說：「擴增實境自殺成癮會導致嚴重副作用，購買保健部未核准的擴增實境自殺產品是嚴重的違法行為。」畫面跳轉，身穿西裝的一群人再度激烈討論起有關都市天氣的話題。城市正在逐漸枯竭。她感受著腰間手槍沉甸甸的重量，如此想道。究竟我打算去哪裡？她對自己渴求之處心知肚明，那是通往森林深處的一條小徑，要是一路走下去，就能抵達懸崖峭壁。

從翌日開始，他們開始調查死去女人的身分。他每天早上都會跑來叫醒她，但沒有像個非法份子一樣猛力敲門，而是宛如紳士般有禮貌地按電鈴。

聽到門鈴聲後，她會把隨意擺在枕邊的ＶＲ眼鏡藏到枕頭下，拿起前晚讀到一半的檔案。她經常會在由他駕駛的車內再次細看檔案，「未檢測出精液，未檢測出精神科藥物，未檢測出酒精，死亡四十八小時前有生育跡象。」怎麼會有生育跡象？那麼孩子在哪裡？上面的人毫不在乎這件事，那一區多的是那種女人、那種男人、那種屍體。無論他們臨死前是飽受藥物折磨、酒精成癮，甚至生下孩子，都沒有人會對此表示關心。他們是連資料庫內都未登記的族群。

直到幾年前，這個族群還只是非法移民者，但自從五、六年前開始，住在都市暗巷的人以死者的身分活在世上的現象漸趨頻繁。娼妓、黑道或大麻成癮者，他們過著生不如死的生活，但死後也無法一了百了。想要找到線索，就需要兩個要件——耐心與懷疑。一直都是如此。

「有可能將痕跡抹除得如此乾淨嗎？」

到了第十五天，他們走進東區的酒吧，各自喝了一杯啤酒。自從她離開調查局以來，這是兩人第一次一塊喝酒。

「肯定是兩者之一吧，那個女人不是這邊的人，又或者背後有個可怕到大家必須三緘其口的人物。」她漫不經心的將整瓶啤酒舉起、大口灌下。

他們幾乎跑遍東區所有的酒吧和城市裡所有的醫院，把無照的醫生當成最後機會大肆搜查。

「她生前懷有身孕。」這句話他反覆了不下百遍，每當他的口腔構造在熾熱的空氣中重複相同的句子時，他都會覺得自己變得越來越不正常。每次經過開闊的空地時，她都會調整一下墨鏡。他知道她的耐心多少出現了動搖，而她的懷疑也日漸加深。好像有哪裡變得不一樣了。雖然腦海中出現了某些想法，但他中斷了思緒。

在酒吧內喝啤酒的人只有他們，大部分的人都在沉默中飲著烈酒。他快速瞄了他們一眼，電視上連續播放了幾支ＭＶ。有人切換了頻道，畫面上出現戴黑蕾絲手套的女人。不用看也知道，女人正在講人造雨的話題。天氣都熱成這樣了，她還是不肯放棄手套啊。她如此想道。

她還記得戴黑手套女人的聲音，「是妳殺了我兒子。」兩年前，那女人這樣對她說。

「那個人不是國會議員嗎？不久前還來找過局長。」

她敷衍的點點頭。那名女人是痛失愛子的政治人物，也是嚴格公正的接受國家機關過失的母親，她在去年成功連任。他將花生咬得喀滋作響，她偷偷瞄了他一眼，看到他那沒有修整的鬍鬚、憔悴的雙眼，不禁想著，我們兩人同框的畫面肯定很可觀。

這時他開口：「我聽說整個城市在一個月內足有十五人失蹤的消息，所以不久前去了負責失蹤案件的部門一趟，我心想，說不定有人將我們追查的女人申報為失蹤人口，但是沒有。要不要向局長提有關字母S的事？」

「這似乎不是什麼好主意。」

他似乎看起來很失望。

「那女人生下的孩子究竟在哪？孩子的父親又是誰呢？」

孩子的父親，她倒是沒想到這點，也許孩子的父親正是整起事件的關鍵，讓大家都保持緘默的那種人。但是為什麼要這樣做？為什麼要抹去孩子母親的所有痕跡？Skipion呢？跟它有什麼關係嗎？

「如今我們沒有方向了。」她坐在返回家中的車內宣布。

她依舊戴著墨鏡望向窗外，被黑色鏡片隔絕的路燈光線進入了她的視線範圍，接著又再度遠去。

「先讓腦袋冷靜幾天，再想辦法吧。」

「別無他法了。」

「我會給妳冰塊，幫助妳冷靜。」

她噗哧笑了出來。他認為她一定是遺漏了什麼，因為她的想法總是領先自己十步……但一切不如從前了。她也深知這點，自己的大腦正逐漸習慣會產生錯覺、欺騙大腦的事物。

她努力坐直身子，說：「我們被困在死胡同了。」

「一定會有越過圍牆的方法，我們會找到的。」

說完這句話後，直到抵達前，他都像在生氣般緊閉嘴唇。她不懂他為什麼要如此鍥而不捨。稍後，她下了車。他凝視著她，而她很討厭他那種眼神。

「前輩認為我一無所知吧？」

熾熱的空氣在夜晚的城市裡四處飄浮，她沒有向他道別，就逕自緩緩走進房子。一脫離他的視線範圍，她隨即將兩格樓梯併做一步往上爬，接著在自己家門前拿下墨鏡，調整紊亂的呼吸。

◇

家裡有人。

白髮男子駐足在拉起的百葉窗前看著她，身穿西裝、皮鞋，襯衫與領帶，以及義大利量身訂做的夾克，整個人大汗涔涔。但哪怕只是要他脫下一件衣服，都像是會傷及自尊似的，他只是靜靜站著不動。

「好久不見了，警衛。」

這兩年來，局長沒有半點改變，彷彿時間被凍結，而他只是從那之上輕輕的跨越了一步。該死。她先確認VR眼鏡沒有露出馬腳，接著坐在床墊上，暗自祈求自己不會看起來像是青春期的叛逆少女。

局長走過來，俯視著她。「妳最近都在做什麼？」

她老實回答：「在調查死去女人的身分。」

「我很好奇妳為什麼要做這種事。」

她從床墊上站起來，與局長平視。「我想讓她回到家人身邊。」

「一派胡言。」局長終於用食指小心翼翼的揩去額頭上凝結的汗水。「調查局已經在一週前終結案件了。」

「啊。」她深吸一口氣，接著吐了出來。

屍體想必已經被送到醫學院去給學生上解剖學用了吧。很奇怪，儘管她始終認為這起死亡案件與自己無關，那一刻卻有種自己慘遭亂刀砍殺、身受重傷的感覺，同時萌生強烈的自我厭惡感。

「只能到此為止了，我是來警告妳的。」

「這是我的榮幸。」她語氣充滿挖苦。

「把我的話聽清楚了，仔細想想我持續付妳薪水的原因。」

「您言下之意，是為了不讓我去挖掘東區屍體的真相，才給我錢的嗎？」

局長以冷峻的眼神盯著她。「現在才想扮演善良的警察嗎？真可笑。」

留下這番話後，局長朝大門走去，接著像是想起什麼似的又朝她走過來，從她腰間取出西格紹爾手槍，用準星輕輕敲了她的臉頰兩次。她握住準星處，怒視局長。局長將手槍放入自己的口袋，離開了她家。局長前腳剛跨出，她隨即將臉埋進洗手槽大吐特吐。她用手抹了抹嘴角，竭力想甩掉某些東西。她想起兩年前犯下的失誤。天啊，有這種想法是很危險的。視神經彷彿突然遭到攻擊般，眼前的景象變得扭曲，呼吸也跟著急促起來。

「不要緊的。」她用雙手包覆住臉龐，持續安撫自己，就連是什麼事不要緊也不曉得。最後，她終於投降。

整夜未闔眼的她先是坐在床墊上，接著將手上的VR眼鏡扔到床墊上，站起身，從抽屜裡取出柯爾特手槍並掖進腰間，那是六連發的左輪手槍，原本只是當成骨董收藏，但西格紹爾手槍被局長拿走了，也沒別的辦法。

她搭上自己停在建築物後方的舊型雪芙蘭。這是她兩年來第一次握方向盤，她不曉得自己打算做什麼，又為什麼想那樣做，只是驅車前往北區。車子在幹線道路上奔馳，經過岔路口，爬到山坡上方，然後出現了典型富豪氛圍濃厚的社區。她將車子停靠在威嚴十足的褐色大門對面靜候著。才早上七點，烈陽就已籠罩了整座城市的所有空間，蟬鳴也響個不停。清晰響亮的知了聲令她感到煩躁，她皺起眉頭，戴上墨鏡。七點半左右，黑蕾絲手套的國會議員走出門外，女人搭乘的汽車一移動，她也隨即發動汽車。

國會議員一天的行程很簡單，在飯店簡單用過早餐後前往辦公室，下午則大抵將時間拿來見各方人士，這幾天連續會晤的人多半是環保團體人士、氣象顧問公司的人員和請願人士。那個女人為何要一天到晚在電視節目上談人造雨的話題，理由再明顯不過了，其中肯定有巨額的黑錢往來吧。但這與那名死去的女人有何關聯？她雖然拍下了照片，卻不知道自己何以這樣做。此時是否有什麼事正在發生？

黑蕾絲手套的國會議員得到了她想要的結果。

四天後，城市開始下起傾盆大雨，大家在電視上議論紛紛，說這還是第一次灑下大範圍的人造雨。她愣愣的拉起百葉窗，看著雨水不間斷的滴落在因步道龜裂所生成的水窪裡，而乞丐鋪了一席座位坐在屋簷下。

「今天他又要白費力氣了呢。」在她嘀咕的同時，聽見了門鈴響起的聲音。門外不見任何人影。她打開掉落在腳底下、折了四次的紙張。

——第一個。

她將紙條揉成一團，再次望向窗外，彷彿一切都會被水沖走似的，但是一如往常，這件事沒有實現。

隔天，她看著東區新發現的屍體，對他說：「死者要比受傷的心靈沉重，這是菲力普・馬羅[14]說過的話。」

「誰？菲力普什麼？」雨水滴滴答答打在雨傘上，他沒聽清楚。

直到抵達他在電話中所說的場所後，她才曉得那是案發現場。昔日的同事們明目張膽的以輕蔑的態度對她行注目禮，但沒有人走過來口出穢言。雨滴持續敲打在死去女人的眼皮上，身穿塑膠袍、雙手合掌躺臥的女人，除了額頭上嵌了一顆子彈，脖子上也有勒痕。

「一定發生了什麼事。」她緊咬下唇。

「妳說什麼？」他用單側肩膀支撐雨傘，一邊努力想將叼在嘴上的香菸點著，一邊反問。

他三年前就戒菸了。她認為，他的意志力開始變薄弱了。

「該死，整個人搞得像落湯雞一樣。」他小聲嘟囔。

「不會發現S字的，這具屍體身上沒有那種東西。」她說。

那天下午，雖然驗屍報告提到了在女人身上發現的各種藥物，但並沒有發現不明藥物。死因為槍傷，死後被勒過脖子。具有警告意味的屍體。她的腦海中短暫浮現了這句話。他們兩人

14 菲力普・馬羅（Philip Marlowe）是在作家雷蒙・錢德勒（Raymond Chandler）多部小說中出現的虛構人物，是名私家偵探，在此之前為洛杉磯地檢署的調查員。

面對面坐在簡易餐廳裡，雖然點了咖啡，但並沒有喝。他心想，就算有人拿著槍抵著他也絕對不喝，更別提那溼軟的鬆餅了。

「我會就此收手。」她邊說邊將手機遞給他。

他沉靜的說：「想想那名死去的女人吧。」

她將上半身貼近他。「你才別侮辱死者。你起初就對死亡的女人或Skipion根本不感興趣，才會連調查結束的事都隻字未提。」

他的一雙濃眉緩緩地扭曲變形，眼神往下低垂。

「今天發現的女人也會落得相同下場吧？案件終結，接著被直接送往解剖學教室。」他用雙手緊緊擰住自己的頭髮。「我至少知道自己要什麼，知道自己追求的是什麼。」

她用鼻子冷笑了一聲。「你什麼都不知道。」

「那時死亡的女孩……」他硬生生將接下來的話吞回去，站起身，頭也不回的走出門外。

手機依舊放在原位。她將身體倚靠在沙發深處，發現自己已經超過二十四小時沒有前往森林。這一年半以來，曾經發生過這種情況嗎？最近這三個月，她不到十小時就必須去森林一趟。她用雙手摀住臉龐。死亡的女孩？她從來不曾先想起死去的女孩，先想到的總是男孩。即便過了兩年，衝著自己微笑的那張臉仍令人無法忘懷。那孩子面露羞澀的微笑，開口時會露出整齊的齒列，下排還可看見一顆虎牙。

他帶著不具任何殺傷力的友善微笑走向她，握住她的某一隻手詢問：「為什麼相信我呢？

為什麼相信我？您明明不曾相信過任何人，究竟為什麼相信我呢？為何要犯下這種過錯呢？」

她想說些什麼，卻怎樣都開不了口。

「您知道真正應該思索的是什麼嗎？知道真正應該珍藏的是什麼嗎？」男孩說。

「我想墜落，」她想這麼說，「我想要墜落，而不是想死，你懂嗎？」

她撲簌簌的流下淚水。這時有人搖醒了她，是簡易餐廳的老闆。她摸了摸自己的臉頰，但並沒有任何淚痕。老闆將折疊的紙條遞給她，是張折了四次的紙條。

「剛才走出去的人要我交給妳。」

上頭寫著——問題：第二幕話劇會上演嗎？

她猛然起身跑了出去。街道悄然無聲，彷彿被黑暗給吞噬。她站在馬路中央，雙手按著兩頰思索，有時受傷的心靈要比死者更沉重。

◇

穿過扁柏森林時，她一次也沒有眨眼。在些微幽暗的森林小徑上，隨處有刺眼的光線灑落。她暫時停下腳步，抬起頭，從樹葉的縫隙間望見藍天與雲朵的變幻位移。那是擁有完美色澤的天空與雲朵，如今就算看到這幅景象，她也不會再露出苦澀的笑容了。

她再度邁開步伐，森林終於來到末端，出現一望無際的草坪。順著草坪走下去，在小路的盡頭處即是懸崖峭壁。懸崖後方是無邊無際的虛空。她俯視下方，不由得一陣頭暈目眩，感覺自己就快吐了。她非常了解墜落是什麼感覺，因為已經重複了不下數百次。只要讓雙腳懸空，登峰造極的恐懼就會包覆住她的全身，肌肉彷彿快被撕裂，還有一種違反地心引力的感覺。她很清楚，這是大腦出了差錯。儘管只是非常短暫的剎那，但她到最後總會緊緊閉上眼睛，因為實在太恐怖了。雖然她每次都暗自祈禱不要閉眼，最後總以相同方式收場。

這一次，她仍站在那前面調整呼吸，對自己低喃：「千萬別閉上眼睛，仔細看好妳的眼前出現了什麼景象。」她將一隻腳往前踩，另一腳也同樣站到空中。

好奇怪，有隻堅實穩固的手，有人抓住了她的手臂。

「我的天啊。」她喃喃自語，戴在頭上的ＶＲ眼鏡被摘了下來。她還來不及從衝擊感中恢復就衝到洗手檯前嘔吐，連胃液都嘔了出來，暈眩與嘔吐的症狀遲遲難以消散。

他只是靜靜地凝視著她。

「乾脆把那該死的玄關大門拆掉算了。」她迴避他的視線說道。

居然只能吐出這種無聊透頂的玩笑話，這可不是我平常的路線啊。她心想。

「這，是前輩妳想要的嗎？」

她沉默了一會。

「對，該死，這就是我想要的。我還能期望什麼？我還能期望擁有什麼樣的生活？」她走到他面前，用食指用力按壓他的胸膛，同時暗自祈禱自己不會流露任何情感。

他靠了過來，說：「為什麼不離開這個城市？假如當真無心回到調查局，假如打算就此放棄那件事，就應該跑到沒人找得到的地方啊。但是前輩妳總是待在這裡、這座城市。前輩，妳要的究竟是什麼？想尋死嗎？在那座虛擬森林裡？」

不。她心想，我只是想墜落而已，並不想死。我想感受再次活下去的心情，期望我不會背叛自己。

「你明知道調查局那些王八蛋有多厭惡我，今天還叫我到案發現場，這不是很可笑嗎？不過，你知道最令人不爽的是什麼嗎？——就是你，你最讓我不爽，表現得好像什麼事都沒發生過的你最讓人不爽。」

他垂下頭，她則用手指握住他的下頦，好讓他無法避開自己的眼睛。她湊近他的臉說話，他的褐色瞳孔出現了劇烈的晃動。

「你只不過是個長得帥的毛頭小子。」

◇

四天後，第一次的人造雨停了。在他離開後，她拜託簡易餐廳的老闆幫忙，另外買了一輛中古車，在下雨的四天期間幾乎只待在車裡生活。

人造雨一停止，直射的光線又再度折磨她。她以雙手握著方向盤，將下巴靠在手背上，定睛注視著巨大的褐色大門那側。都快中午了，依然不見黑蕾絲手套的國會議員走出家門。她開始覺得腰痛，頭痛的症狀也越來越嚴重。止痛藥老早就起不了作用，聲音在她的腦中徹底碎裂開來。有時她還會感到混淆，自己聽到的到底是不是真正的聲音。中樞神經系統肯定出了什麼問題。

宛如鋼筋般鈍重的車庫大門開啟了，駛出的是第一次見到的車子，Range Rover Evoque。這是她第一次見到國會議員親自駕車，國會議員依然戴著每次必定會戴的黑蕾絲手套。她尾隨那輛車駛下山坡，經過鋪有柏油的平整道路和有華麗建築與商店林立的商業區後，高級大廈林立的住宅區出現了。建築物逐漸變矮，接著再度攀高。

Evoque在外環道路上奔馳，經過了長長的隧道。那個女人正朝東區前進。究竟為什麼？在東區開了好一會兒後，車子才停下來。她停車的地方已經停有一輛奧迪與勞斯萊斯。國會議員以慎重的態度下了車，走進大樓。她降下車窗，將頭伸到外頭瞅了建築一眼，接著將車窗徹底關上。那是一棟窗戶多到不可勝數的偌大橘黃色建築，似乎已有百年歷史，看似仿造羅馬式建築，其實只是水準粗劣的贗品罷了。她心想，看來在黑蕾絲手套國會議員眼中，大就是美。

她的耐性已經消耗殆盡，開始盯著大樓入口。他整整三天都沒有聯絡。該死，腦中老是浮現他在最後一刻的眼眸，他的褐色眼眸，劇烈晃動的眼眸。握住他的下頦，讓他看著自己的臉明明是為了侮辱他，最後倍感侮辱的人卻是她自己。真是太可笑了，根本沒必要回想起這種事，只要像過去一樣生活就行了。如今他應該也回到自己的崗位上了。為了促進醫學發展，想必第二具屍體也已迎接「第二次」的死亡。明明一切都結束了，我還在這裡做什麼呢？

他曾向她說：「至少我知道自己要什麼。」她的內心突然有種奇怪的感覺，不對，不是感覺，而是實際發生在自己身上的事。她往下看著自己的腿，某種黏稠的紫色液體從她的腳踝慢慢滲出。她掙扎著想逃到車外，卻解不開安全帶，喉頭也發不出任何聲音。彷彿置身水中般，耳朵被塞住，也無法呼吸。她用盡全身力氣拿起放在儀表板上的手機，按下唯一儲存的號碼。電話訊號音響起，接著傳來某個人的嗓音。她將頭轉向旁邊，發現那個男孩坐在副駕駛座上。

那孩子問她：「需要我抓住您嗎？」

「啊——！」她倒抽一口氣，張開眼睛，開始咳個不停。她將掉落在車內地板的手機撿起並收進口袋，全身已被汗水浸溼。她已經記不得有多久沒有流這麼多汗了。

Evoque已經不見蹤影。啊，糟了，我怎麼睡著了？這種事還是第一遭，我大概也快玩完了吧。目前還剩下兩輛車。約莫在半小時後，身穿西裝的兩名男子和同樣穿著西裝的女子走了出來，兩名男子搭上勞斯萊斯，女子則是坐上奧迪。

她認出搭上勞斯萊斯的其中一名男子，是K，在這個城市中無人不曉的大人物。他戴著一頂大禮帽，身穿腰線恰到好處的三釦夾克、覆蓋到腳踝正上方的長褲及豆豆鞋。這城市裡的時髦人士真是多到不可勝數啊。她回想起先前在簡易餐廳裡偷聽到那兩名瘦成皮包骨的女人的對話。

「妳知道那孩子最後是在哪裡工作嗎？聽說是Reden。」

還有他說過的話：「聽說整個城市一個月內足有十五人失蹤。」

直到那些人的車輛都不見蹤影，她依然停在那兒。

一定發生了什麼事。K、K的製藥公司、戴手套的國會議員、失蹤的人們、人造雨、在東區發現的兩具女屍——死前有生產跡象，但藥物反應只出現Skipion的女人；以及出現各種藥物反應，卻沒有生產和Skipion藥物反應的女人。出生的孩子在哪呢？為何第一具屍體會乾淨得沒有半點線索？這一切具有何種關聯性呢？這是一種臆測嗎？Skipion，兩年前雖然在女孩身上發現了Skipion，但男孩身上並未發現。這些人之所以殺人滅口，只是想要造成某個人的不快、對某個人造成傷害、令某個人感到害怕……不，不該只是基於這種理由吧，這件事才是殺人的關鍵。

她下了車，動作似乎受到剛才作夢的影響，顯得很不自然，所有感覺栩栩如生，生動到令人反胃。鞋子接觸到地面時的觸感，在各區流轉的死亡氣味，烏鴉的叫聲，樹葉在風的吹拂下搖曳的聲響……她駐足了一會，確認掖在腰間的手槍後，走進大樓。

大樓內幾乎每一扇窗戶都拉上了窗簾，穿透窗簾的微弱光線掌控著大樓內部。她脫下墨鏡，將貼在後頸上的髮絲綁成一束。天花板很高，極為寬敞的大廳內側有櫃檯，雖然地板骯髒汙穢，還踩到了碎玻璃之類的東西，櫃檯上卻一塵不染。

櫃檯後方兩側有著宏偉壯觀、互相對稱的螺旋狀階梯，上方結合成宛如陽臺般的圓形空間，與階梯相連的白色欄杆雕有蓮花紋飾。她沿著右邊的階梯走到二樓，階梯鋪有綢緞，所以聽不見她的腳步聲。背對陽臺的欄杆，西面的兩側是成排門扉緊閉的房間，一邊各有十個，總共二十個房間，盡頭處則有通往三樓的階梯。地面鋪有紅地毯，牆壁則裱上白色的絲綢壁紙，一切顯得非常乾淨俐落。

她將身子緊貼著牆面站立，以食指扣著左輪手槍的扳機，打開左側第一個房間的門。房間空蕩蕩的，沒有半個人，甚至連窗戶和塵埃都沒有。右側房間雖有窗戶，但窗簾完全被拉上；左側房間的壁紙一律為黃色，右側房間的壁紙則均為靛色。在幾乎將二樓所有房間都檢視完畢時，她聽見有車子駛入的聲音，但從右側房間的窗戶看不到。她爬到三樓，小心翼翼的避免發出聲音。

扣除所有窗戶都裝上白色窗簾這點，三樓和二樓截然不同。三樓更加伸手不見五指，完全處於棄置狀態。偌大的空地四處立有水泥柱，碎裂的大理石散落一地，菸蒂和針筒被隨處丟棄，電線捲線器也扔得到處都是。她隱身在水泥柱後方。啊，忘了帶子彈，裡頭裝了幾發子彈呢？竟然到這節骨眼才想起這件事，她不禁感到驚慌失措。

此時風從右側敞開的窗戶間吹了進來，掛在各處窗戶上的窗簾飄揚著，光線也乘隙從其間照入。麻雀嘰嘰喳喳的聲音挑動了她的神經。她閉上眼睛，摀住耳朵。此時有人抓住她的手臂，受到驚嚇的她反射性的轉過頭——是他。一切變得混沌雜亂。這時她才發現，原來自己真的打了電話，而不是在夢中。

「沒事吧？」他問。

他所認識的她是絕對不會有這種破綻的。不管去哪裡，她總會更快找到他，也總是反過來保護他。有一群人正往這邊跑來，他身手矯捷的移動到與她距離約十公尺的水泥柱後方。

原來第二幕說的就是這裡啊，原來開啟舞臺按鈕的人就是我自己啊。她這麼想著。她應該要確認子彈裝了幾發，手卻不聽使喚，頭也痛得要命。為了確認來者有多少人，他稍微探頭出去，隨即又躲回來。瞬間有多發子彈飛過來，劃過他的臉頰。他快速拭去血跡，彷彿這種事只是家常便飯，接著朝她的方向望去，將右手張開，並將另一隻手舉高。

她用手勢詢問他是否持有手槍，他點點頭。雙方就這樣暫時停留在沉默中，沒有人輕率的展開行動。這些人想要的是什麼？要置我於死地嗎？究竟為什麼？她知道自己從來都不曾冀求死亡。麻雀開始嘰嘰喳喳個不停。她撿起自己腳下的針筒，朝對角線的方向用力投擲，躲在柱子後方的幾個人舉起持槍的手，她打中了其中一人的手臂。那人大叫著，手槍也掉落地面。接著又是一陣靜默。比剛才更加強勁的風吹了進來，窗簾紛紛開始飄揚。

「掩護我，然後逃出去，知道了吧？」

她沒有等他回答，逕自說完後就像將一切交給命運般朝窗簾之間前進，從後方抱住剩下七名之中的一名彪形大漢，將槍抵在那人脖子上。剩下的六人把她團團圍住，用手槍瞄準她。

他們不曉得他在場。她察覺自己的身體正在冒汗，髮絲變得濕潤，但她必須撐住。她擔心手槍會因此滑掉，而墨鏡老早就摘掉了。她先朝最右邊的男人開槍，這時有人擦槍走火，導致她抱住的彪形大漢胸口中了槍。鮮血從彪形大漢的心臟湧出，沾濕了她的襯衫、手和臉頰。

彪形大漢已經斷氣，要把他拿來當擋箭牌對她太過吃力。我還有剩下子彈嗎？她問自己，同時大口喘氣，心臟因為恐懼，因為太過恐懼，彷彿快炸開般快速跳動。她看到他正跑向某處，暗自祈禱他能平安無事的逃離此處。真不該打給他的。啊，拜託。她在內心悄悄說著，直接離開，拜託就這樣離開！

一切均以緩速進行著，宛如電影中慢動作的畫面。他將槍口瞄準打算射擊她的男人。鮮血四濺，某個人倒下了，接著槍擊聲持續響起，又有人倒下了。其他男人擊中了他的腿部，他因受到衝擊而倒下，手槍也從手中掉落。男人再度將槍口瞄準他。雖然她扣下了扳機，卻只發出喀啦聲。她立即丟掉手槍，朝男人撲了上去，男人因而摔了一跤，子彈打偏，在玻璃窗上打穿了一個洞。

男人用槍托猛力朝她砸下去，她則抓到了男人的手槍。在他們翻滾到地上搏鬥之際，他緩緩挪動身體，爬到手槍附近。被她壓在底下的男人朝他開了槍，成為直接了結他生命的最後一槍。她豁出性命，從男人手中搶下手槍，最後朝男人腹部射擊。

她使勁將斷氣的男人推開，朝他飛奔而去。在風的吹拂之下，窗簾再次同時飄揚。那是顏色近乎慘白的窗簾。我的天啊，我從來都沒有想過要尋死。這時，她的眼前才浮現兩年前死亡的女孩的臉。

「為什麼不相信我說的話？」女孩如此說道。

我的天啊。她用雙手壓住他的胸膛，就連自己的右手臂已經骨折都渾然不覺。鮮血從他的胸口汩汩流出，她好痛恨自己無法區分身上沾的究竟是那些男人的血抑或是他的。他一直試圖說話，她則要他閉上嘴巴別開口。他用盡最後的力氣緊握住她的手臂，就好像那一天，她置身於自殺擴增實境時，他以猛烈卻不粗魯的動作抓住了她。

◇

幾天之後，她穿著制服走出玄關門，碰見隔壁的女人。

「妳，是警察啊？」隔壁女人看著她滿是傷口的臉孔與打上石膏的手臂說：「哎呀，要替身體著想啊，真是的。」

隔壁女人攙扶她走下樓梯。其實沒有這個必要，但她只是任由那個女人擺布。

他的葬禮在國立墓園舉行，同事沒有一個人讓位給她。雖然其中有幾人想朝地面吐口水，但擔心此舉有辱死者，硬是按捺了下來。光是能從遠處觀看他的遺照，她就該感到知足了。

警察總長發表了哀悼演說，向死者家人行禮。這是她第一次參加葬禮。兩年前，那個男孩和女孩死亡時，甚至在更早之前，她父親逝世時，她都沒有參加葬禮。沒有任何原因，單純只是她個人問題。

那時在簡易餐廳，他說知道自己追求的是什麼。至少在那時候，他所企盼的是她能夠回歸崗位，在沒有任何成癮症狀下回到調查局。她不明白為什麼他如此期望。兩年前，男孩也曾對她說過相同的話。

「雖然我知道您想要的是什麼，卻不知道何以如此。」

在他的靈柩下葬時，她用打了石膏的右手舉手致敬，想到自己的動作像機器人般僵硬，不由得自我解嘲的笑了一下，流下了微量的淚水。

隔天，她才走進調查一局，幾名同事便緊盯著她瞧。她打定主意不迴避那些視線，一次也沒有停下腳步，逕自走進局長室。調查局長依然時髦帥氣。他連要她坐下的話都沒說。

「我想復職。」

調查局長笑了，覺得她很不可理喻的表情。

「我正打算解僱妳呢。」

她朝局長走近兩步。

局長不懷好意的說：「妳無視我的警告，導致有能力的警察賠上了性命，再說了，」局長稍作停頓，像是要說極私密的事情般壓低音量，臉上依然帶著不懷好意的表情。「妳是自殺擴增實境的成癮者。」

她絲毫沒有感到震驚。

「是的，但我仍想復職。」

她將手上的資料袋遞給局長，裡頭是她暗地追查黑蕾絲手套國會議員後拍下的照片，以及K與各方政界人士的照片。

「兩年前的事，我也能全部查出來。」
「不，妳辦不到。」
「我辦得到。」
局長從座位上起身，在局長室繞了幾圈，接著再次坐回座位，邊整理凌亂的夾克衣領邊說：「妳現在一定覺得自己聰明得不得了吧？」
「請您讓我回到調查一局。」
「我被擺了一道，被妳狠狠擺了一道。妳覺得同事們會接納妳嗎？」
「無所謂。」
「妳可能會受到比隱形人更不如的待遇。」
「無所謂。」
她有自信能夠反覆上百次相同的話，就像在太陽的身影搖曳的城市裡，他曾欣然自得的那樣說過。
「妳千萬別忘記了，有多少人因妳而死。我會關注妳的，關注妳又會再次犯下何種失誤，關注妳以何種方式墮落。」
她露出微笑，摻雜著自我厭惡、悲傷、無力感與覺悟的那種笑容。墮落？還有可能變得更墮落嗎？也許真會如此呢。露出這種笑容也是最後一次了。她攥緊了左手。
「我想請問最後一個問題。」

局長搖搖頭，揮手示意要她出去。

「孩子呢？孩子怎麼了？」

局長不耐煩地叼了一根雪茄，點上火。

「孩子當然在孩子的父親身邊啊。聽懂了嗎？」

她向局長行了個禮，這次是用左手。她往後轉，走出局長室的門。她心想，現在總算回來了，在付出極為慘痛的代價之後回來了，並且很自然的明白自己往後該做什麼。雖然暫時會有一段戒斷期，但比起真正的痛苦，這點事不算什麼。偶爾，她還會覺得這種搖擺不定的想法有助於自己。每當她想前往森林時，就會回想起他臨死前那一刻，鮮血汩汩流出的那一刻。她會想起他緊緊抓住自己手臂，結結巴巴說出的話。

「離開這裡，離開這座城市。前輩，這裡，這座城市……」

那算是一種遺言，但她無法遵守。她會在午夜夢迴時回想起死去的人們——他，兩年前的女孩和男孩，在實習室遭到解剖、身分不明的女人們，以及也許被棄置於某處、尚未被發現的屍體……正如局長所言，他們之中有幾個人是因自己而死，這是千真萬確的，是因為自己兩年前犯的那個錯。

不，如今她明白了，那並不是失誤。此時此刻，就算能夠回到兩年前，她知道自己仍會做出相同選擇。那就是我。要是忘記這點就真的完蛋了。很奇怪的是，她的腦海在那一刻，想起了始終在自家門前的馬路上白費力氣的乞丐。她喃喃自語著，回家路上要記得帶點零錢，絕不能忘記這件事。

獨自留在辦公室的局長用鑰匙打開最後一個抽屜，將她留下的照片放進去，接著再次鎖上抽屜。局長凝視窗外，吸了一口雪茄，口中吐出了煙霧。

陽光太強烈了，幾個小時後，會下起第二次人造雨。

局長注視著晴空萬里的天空，搖頭晃腦的嘀咕：

「天哪，異鄉人駕到了。」

作家筆記

接到這個企畫邀請時，我只有個模糊的概念，想寫一篇以女性為主角、具黑色電影風格的小說。我認為這類小說的「女性」主角不能賣弄性感，不能與誰墜入愛河，也不能接受任何人——尤其是男性——的幫助，但這樣的限制其實很可笑。因為在這種風格的小說中，男主角總是風流倜儻，盡情的談情說愛，並且接受女人無數次的幫助。

最重要的是，在這種限制的前提下，我變得無法輕易下筆。在塑造主角「她」的面貌時，也耗費了非常多心力。第一次在腦海中浮現「她」的面孔，是在「他」抓住「她」手臂的那個場面。腦海浮現那個畫面時，我在仲夏的夜晚走了一個小時。

啊，在創作這篇小說時，我不知道在那幽暗、炎熱、潮濕的空氣中走了多久！我心想，「她」從「他」身上接受了難以言喻的莫大幫助，然後，令人詫異的是，我的腦中開始非常自然的浮現「她」的臉孔。也許我真正想要寫的，是關於接受他人幫助的故事。

過去我也曾創作過具黑色電影風格的小說。在那些小說之中，主角全都屈服於自己的處境，但她沒有。我認為她對於原諒自己是很嚴苛的，也因此才能做出其他選擇。

那會是最好的選擇嗎？

我不確定，這是個很難回答的問題。

具竝模

구병모 © Gu Byeong Mo

1976年生於首爾。2008年以《魔法麵包店》獲第2屆創批青少年文學獎，正式踏入文壇。曾獲第39屆今日作家獎、第4屆黃順元新進文學獎。著有短篇小說集《紅鞋黨》、《但願我不是唯一》；長篇小說《一匙的時間》。

鳥身女妖與慶典之夜

闖進悄然無聲的巷弄後，才總算脫離了獵人的射程範圍。阿表一方面為從槍林彈雨與沙塵之中脫身而感到安心，另一方面又懷疑，擁有具體形體的這個巷弄的一景一物，說不定也是無數障眼法之一，不由得又緊張起來。腳後跟流淌著黏稠的鮮血，剛才不顧一切拚命奔跑時渾然不覺，直到現在才傳來疼痛的訊號。阿表用單手小心翼翼的試著按壓牆面，摸到的紅磚厚實堅固，是非幻影的實體。

他輕輕吐出一口氣，將一隻腿抬高，彎下腰桿，只靠搖搖晃晃的單側腳跟維持平衡，站立的那條腿肌肉緊繃，彷彿快被撕裂似的。要是就這樣脫下鞋子，與椰皮[15]後跟墊黏在一塊的皮膚就會被撕開而刺痛，由象牙白色變成茶褐色的鞋墊也會露出來，乾脆維持這樣還比較好，目前只要如此，阿表就別無所求了。況且細跟高跟鞋絕對不會掉下來，就像皇后必須穿著燒紅的鐵鞋跳舞至死[16]，又如劊子手用斧頭砍掉凱倫的腳踝前，凱倫必須穿著紅舞鞋不斷跳舞[17]。阿表腳上所穿的，也許是在兩輪月亮上行走的莫卡辛鞋[18]。

無法脫下的不只鞋子，只要步伐稍微大一些，紅色露肩緊身洋裝的下襬就會被捲到大腿上，令人提心吊膽。在阿表拚命逃亡時，他無暇分心去在意會不會被後頭的人看到底褲——其實在所有人面臨窮途末路的情況下，也不會去留意前方奔跑的人是露出了內衣還是肚子——現在鬆了口氣之後，阿表打算乾脆脫掉衣服。背後的拉鍊不知道是怎麼拉上的，難道上面被掛了鎖頭，所以才拉不下來？他在巷弄中散落一地的垃圾堆中發現了一個鳳梨罐頭蓋，嘗試用它割破衣服，但衣服好像是什麼世界上不曾存在的全新材質般毫無損傷，阿表反倒被劃傷了手掌。

衣服究竟是用什麼剪裁，又是怎麼製成的？

大概是衣服勒緊身體的感覺很像是與肌膚相黏的緣故，阿表心想，穿上塗有涅索斯血液的衣服，在掙扎間扯下自己肌膚的海克力士，最後一刻大概就是這種感覺吧[19]。雖然阿表沒有像神話描寫的那樣，經歷皮膚燒焦的痛楚，但無法撕破、脫下身上的衣服這點倒是很相似。就連插在鬈髮上的一根髮夾及戴在頸項上的皮革項圈都無法扭轉開關。戴著時不覺得快要窒息，等到真的想拿掉它們時，才發現頸項與項圈之間就連一根手指也塞不下。

這身服裝與每個細節，從頭到腳都是主辦單位提供的。數十名志工替所有參賽者穿上衣服，有條不紊的替他們畫上妝容。所有人均被要求不要親自動手或佩戴物品，只要像人體模型般站著即可。難道衣服、皮鞋與飾品上塗了比涅索斯的血液更毒的某樣東西嗎？若真如此，這會是誰的詭計，他的意圖又是什麼？這是針對多數為特定對象所進行的生化恐怖攻擊嗎？又或

15 皮革呈現類似絲絨、氈毛感的手感。
16 出自格林童話《白雪公主》。
17 出自安徒生童話《紅舞鞋》。
18 典故出自印地安俗諺「在未穿上他的莫卡辛鞋，在兩輪月亮上行走前，別擅自判斷那個人」，暗喻未站在相同立場前，一切僅是先入為主的想法。
19 半人馬涅索斯因調戲海克力士之妻，遭海克力士以毒箭射殺。涅索斯死前謊稱將其血塗在衣服上，可讓穿上衣服的人回心轉意。後來海克力士穿上沾有涅索斯血的衣服後死亡。

者如果在此處穿上或塗上什麼，接觸到空氣後，物質就會產生強烈的黏性？——該不會妝也卸不掉吧？

「眼線和唇膏都具有強力防水效果，您可以在開始前放心用餐，也可擦拭眼睛分泌物，如果不是專用卸妝液，用一般香皂是洗不掉的。」志工代表說。

用指尖用力抹去沿著額頭和臉頰流下的汗水，也只見透明水珠輕輕濺到四方。儘管防水效果極強，但主要是被厚重的粉底液與粉末層層包覆所帶來的壓迫感，彷彿戴上了鋼鐵面具。

總而言之，眼下直接影響到生存的問題在於鞋子與服裝，髮型和妝容還是其次。這身打扮並不適合奔跑，如果是平均身高的女性，這連身洋裝將會是長度恰好落在膝蓋上方的優雅舞會禮服，但穿在曾經是籃球員的阿表身上，露出的大腿和小腿肌肉形成了視覺的不協調，徹底成為眾人嘲弄訕笑的茶餘話題。其實，他幾乎就是來這裡給大家看笑話的。

阿表深深吸了口氣，就地坐下。初次到訪島上的陌生都市，一時之間能拿來掩護身體的盾牌，就只有眼前不知何時會如同海市蜃樓般消逝的迷宮巷弄。外頭世界動盪不安，令人渾身不自在的累贅服裝，身上既沒有電話也沒有皮夾，完全是個進退維谷的僵局。想克服難關就必須先掌握狀況，但眼前盡是無法理解的事物，任何妙計都無法發揮作用。

阿表坐在公寓林立的巷弄上，但偏偏是個有人啐了一口濃稠唾液的位置。何止唾液呢，從建築物被蛀蝕的白色乾硬殘渣物看來，在經歷數千個夜晚的期間，至少有數百人醉得不省人事，在此撒了泡尿或留下嘔吐痕跡。

這麼說起來，這裡的市區街道擁有和陸地城市相同的商家型態與結構，也就是說，和阿表相同的人居住在這裡。除了這裡是座島，其他均與過去的日常生活毫無分別，但剛才看到的究竟是什麼？又怎麼會發生這種事？阿表抬起頭環視周圍建築一圈。上頭沒有招牌，認不出是商家還是公寓，由於窗戶緊閉所以看不到內部。這些是模型屋嗎？但是廣場和街道都鬧得不可開交了，即便離市中心有些距離，住在裡頭的人也不至於對遠處的慘叫與吶喊無動於衷吧？通常施放煙火或有人高聲喊叫、發出巨大聲響時，大家都會不自覺朝窗外看，心想是不是發生了什麼事才對，但這條巷子裡的人彷彿位於空襲中心，還是上頭下了什麼指令般窗戶緊閉。好比戈黛娃夫人將裸身騎著驢子經過，所以別往外看……不對啊，又沒人那樣命令過，而且領主反倒想讓夫人在光天化日之下蒙羞，給她一點顏色瞧瞧。百姓之所以沒有探頭看好戲，是出自於反抗領主所做的選擇……只是在那種情節裡，通常都會有一個不肯服從命令的人或狀況外的傻子，因偷看領主夫人而雙眼瞎掉的偷窺狂[20]……

阿表中斷了無意義的聯想，站起身。從各種傷痕累累的生活痕跡看來，這些似乎不是什麼模型屋或幽靈建築。阿表將雙手圈成喇叭狀放在嘴邊，打算大喊請求協助，但即便是置身於混亂與恐懼之中，阿表也沒有喪失該有的理性和邏輯。杳無人跡、門窗緊閉的景象，才是這一切

20 戈黛娃夫人為麥西亞伯爵利奧弗里克之妻，為了爭取減免丈夫強加於人民的重稅，於是按其要求，一絲不掛的騎馬繞行大街。有一名好色的裁縫師因禁不起誘惑，在窗上鑿洞想偷看，雙眼因此失明。

事態的證據與現象。無論外頭有何情況，理由又是什麼，都不會有人開窗伸出援手，反倒是大叫的話，只會洩漏自己的行蹤並引來那些獵人。雖然不知道這裡是做什麼的，但阿表至少知道，自己落入了不管發生什麼事都不足為奇的世界的魔掌之中。

阿表試著回想今天一整天發生的情況。前一晚，為了消除大家舟車勞頓的疲勞，抵達後各自都有享用晚餐等個人時間，之後就在宿舍閉目養神，並沒什麼可疑的事。用完早餐後，全體人員集合，按照指示準備活動或進行個人練習。

遊行在晚霞時分揭幕。走上舞臺、拿到號碼牌的參賽者有五十名，全部都是非本島的外來人士。在穿服裝與化妝等舞臺準備過程中，參賽者均不得交談。回想起來，奇怪的徵兆就是從那時開始的。其中有些人應該是結伴前來，就算不是好了，前一天晚上大家還在晚餐時間與自由時間有說有笑，至少也互通過姓名。準備遊行時，許多參賽者擠在宿舍中央大廳，卻要求大家別交談？真不曉得這是什麼目的。加上活動助理跑來喝斥那些不將規定放在眼裡、閒聊時爆笑出聲的參賽者，氣氛瞬間變得冰冷。這項比賽到底有什麼大不了的，需要管控得如此嚴格，搞得大家神經兮兮嗎？就算是為了刺激競爭心態，但大家畢竟都是成人了，這種方式似乎有些太誇張。

當然，既然優勝獎金有五千萬元，這自然不會只是社區餘興節目般的比賽。按照阿表的個人標準，如果金額超過一億，大家一定會覺得可疑，這種規模的活動為什麼可以斥資上億元，在繳交參加申請書時肯定會引發許多爭議，但只有一半的五千萬，相較之下顯得很有真實感。

無論優勝與否，所有參賽者到島嶼的乘船費用全部免費，用餐與住宿等三天兩夜的停留費用也已全額付清，就算沒有取得優勝，也可以當成是來免費旅行。雖然有些人對主辦單位的態度感到強烈不滿，但化完妝後，表情也只是隱約可見。因為彼此無法交談，大家也無法達成類似「反正明天就要離開了，盡可能別互相撕破臉吧」的共識。

總之，起初大家帶著些許沒好氣的表情，參加了揭開活動序幕的遊行。若是目測經過時停下來觀賞的觀光客，大概有接近上千名。也就是說，如果觀光客不是從外部湧入，就表示這座島上至少有超過千人居住。至少到這時候為止，阿表還是如此相信，其他參賽者也是如此，本質上是為了拿獎金而參加競賽，沒人會去留意觀眾到底有多少人，只要一眼望過去，觀眾沒有少到令人尷尬、剛好是能點燃興致的程度就夠了。

人們拍手歡呼，將緞帶和紙花灑向空中，雖然有些喧鬧嘈雜，但廣場沉浸在旋律優美、節奏輕快的音樂之中。與民眾同歡時，參賽者僵硬的嘴角也逐漸放鬆，朝湊熱鬧的民眾揮了揮手，穿越廣場。

架高的舞臺在前方，參賽者站成五行十列聽取注意事項。每當播放不同音樂，就會有一名上臺展現個人才藝。每人擁有的時間不過一分三十秒，所以事實上沒有多餘時間能展現稱得上是個人才藝的表演，也沒有選擇背景音樂的權利，所以也不適合歌唱或演奏樂器。大部分參賽者除了跳舞或走臺步，並未想到其他獨特的概念。稍微特別點的，大概就是身穿迷你裙展現簡單武術、取得段數的參賽者，還有攜帶雞蛋和手帕等物品說要表演簡短魔術秀的人。

雖然表演這些才能吸睛，在現場人氣投票中贏得一定的選票，但除了這些娛樂要素，還會加總評審根據外貌、優雅舉止和勻稱體態所評的分數。只要沒有事先收買評審或有內定者等情況，應該不是什麼太不公平的比賽。單憑這種連中央電視臺都沒來採訪的小型活動，也不可能獲得進軍演藝圈的機會，是個參賽者目標完全集中在優勝獎金、公開透明的單純競賽。

在陸地城市舉辦預賽資料審核時就入選了三百多名，其中五十名進入決賽，來到這裡。參賽者平均年齡分布為二十幾到四十幾歲，也另有謀生工作，這個獎金規模幾乎可以說是最高額。儘管有些溝通上的問題，以及對主辦單位的高壓管理等有些意見，但那或許是由於在素人參加的競賽賭上鉅額獎金的緣故，加上這種地區性活動通常不是由大會本身管理，而是由外包企畫公司執行，這類打零工的約聘職人員自然會將全副心思放在讓活動圓滿進行，所以也無法期待他們會細心照料參賽者的情緒。聽說以淘汰賽的方式選拔偶像歌手的電視節目中，工作人員經常會大聲斥責共同食宿、進行訓練的未成年參賽者，管控他們的行為，好像和那滿類似的。想到這次優勝獎金的規模，這點不滿是必須承受的。阿表暗自告訴自己。

總之，在僵硬與柔和、不快與愉快來來回回的氣氛下，遊行開始了。一號參賽者走上舞臺，露出微笑並向大家揮手，在熱烈鼓掌聲中，有某樣東西以軍艦鳥般迅疾的速度趁隙飛過，接著伴隨鈍重的聲響，猛力衝進一號參賽者的懷中。舞臺下方的觀眾與正在等待的參賽者都不知道發生了什麼事，頓時廣場上一片靜默。接著，一號參賽者緩緩低頭望向自己的胸口，發現有一支箭矢插在上頭，大家全都驚愕的倒抽一口氣，各自用手摀住嘴巴。

一號參賽者兩眼一翻，身體往側邊倒下時，大家還搞不清楚狀況。直到發生「碰」一聲，一號的雙腿稍微往上彈後又落地，四面八方瞬間爆出尖叫聲。這究竟是怎麼回事，活動人員到底在幹什麼，怎麼在這種狀況下還不發揮一下危機處理的能力！如果是惡搞整人，這又未免太真實。

參賽者東張西望，不知道該作何反應，就連疑惑的時間也沒有。最初的箭彷彿只是扮演訊號的角色，隨即在宛如紅海般一分為二的觀眾之間，一叢箭矢如雨點般朝舞臺射來。前去察看一號傷勢的二號、三號、四號參賽者都還來不及實現正義或盡到做人的道義，頸項和背部就分別中箭，接二連三的倒在舞臺上。部分射程不夠遠的箭射中高聲喊叫、四處逃竄的人背部，在他們手臂上造成撕裂傷。如無頭蒼蠅般亂衝的群眾被其他人的腳絆倒，滾落地面，民眾如魚驚鳥散的廣場瞬間成了人間煉獄。

又不是在大都市中心，這種窮鄉僻壤的島嶼村莊有什麼好要脅或具有什麼警告效果，竟會在這發動恐怖攻擊？但也不是大家隨即會聯想到的那種ＴＮＴ炸藥或亂槍掃射的恐怖攻擊，而是莫名其妙下起一陣箭雨，若是故意挑釁，但不合理的部分太多了，也因此難以迅速掌握情勢——這究竟是舞臺演出還是意外？——眼下也沒有可以針對現實情況做出理性分析或插嘴評論的人。

參賽者也不管手上拿的是扇子、球還是陽傘，將各種小道具隨處亂扔，逃之夭夭。參賽號碼四十號的阿表站在與舞臺相對較遠的位置，多虧於此，才能在減少和其他人的拉扯下全身而退。距離舞臺較近的六、七位參賽者爭先恐後，為了率先逃走而扭打成一團，過程中，還有人的腳踝拐成了不符合人體結構的角度和方向。

看到那些腳踝骨折的人，其他逃跑者也試圖想脫掉腳上的鞋子，但瑪麗珍鞋的綁帶緊緊纏繞在腳踝上，怎樣也鬆不開；即便是沒有後跟墊包覆腳踝的涼鞋，無論如何拉扯也無法將腳掌和皮革分開；完全無暇想到要脫掉鞋子、一路死命奔跑的人，鞋跟則是卡在步道磚塊的縫隙間。即便他們想將鞋根拔出來，步道磚塊也有如從地獄裡伸出藤蔓的生物般緊咬著鞋跟不放，鞋子猶如食肉植物圓葉茅膏菜般包覆腳掌。就連揣度為什麼會發生這種事，鞋子怎麼會完全脫不下來的閒暇都沒有，踮著腳尖跳來跳去的參賽者在頸項或頭部中箭後，便以抓著單側腳踝的姿勢倒下。這些人摔得頭破血流，鮮血快速染紅了廣場。

逃亡者完全沒有機會回顧或掌握這麼多的箭究竟是上哪去籌措、又是從何處飛來的，主使者是誰，規模有多大，也無法猜測目的是什麼。阿表曾經接受運動訓練的歲月在體內留下零星的痕跡，使他得以比任何人都迅速逃離現場。就在此時，他看見貌似負責攻擊的三、四十人，將箭搭在弦上或從背上的圓筒抽出新箭的模樣，與古代洞窟壁畫中的獵人如出一轍。一名獵人在人群中發現了身穿顯眼紅洋裝的阿表，將弓箭瞄準他。阿表飛快將腦袋偏向一側時，感受到箭矢從臉頰旁驚險擦過所帶來的寒氣與鐵鏽味。阿表立即轉身，卯足全力奔馳，但因來不及剎車，眼見就要和在前方奔跑的一群人撞個正著。

沒想到阿表馬上發現，自己沒有撞上誰而跌個四腳朝天，反倒順利通過他們向前奔跑著。

阿表不自覺停下腳步，因為再沒有其他方法能表現出他的錯愕與訝異，但受到先前加速度的衝擊，他摔倒在地上、滾了好幾圈。他抬起頭，看到逐漸遠去的人群……不，他怔怔注視著幻影的腳後跟。他們既不是液體，也不是氣體，那麼，在光線下看到的那些景象究竟是什麼？該不會那些看起來像獵人的人也……可是阿表沒有時間回頭或整理思緒，就聽到「磅」一聲，一根箭插在他支撐地面的手掌旁的步道磚塊上。只要方向稍微偏離一點，小拇指就會和手掌徹底分家的位置上。箭桿與箭羽持續震盪著。

到這地步，他已經無法區分哪邊是活生生的人，哪邊又是鬼魂了，下一支箭不知何時會朝自己飛來，而且那群獵人和他們射出的箭是實體，也是最直接的威脅。就算這一切僅是某人的把戲，是大型的惡劣玩笑，阿表也不想為了區分幻象與真實而親自體驗中箭的滋味。幸虧腳跟沒有卡在密集的磚塊間或斷裂，阿表毫不猶豫的支起身體，無視一切邏輯，將思考拋諸腦後，就這麼狂奔起來。

無論是否出於自願，阿表今天穿了一整天的高跟鞋，走起路來已經變得很習慣了，先不管在全力奔跑後腳跟流出的一大灘鮮血，更重要的是腳筋和膝蓋也在慘叫著。阿表無法這樣茫然的原地踏步，巷尾好像有人在偷看這邊，但那人隨即又膽怯的躲到牆後。由於視線高度非常低，應該是名孩童。阿表認為機不可失，縱身向前抓住了孩子。就在他認為自己準確抓住孩子的瞬間，孩子消失不見了，阿表的臂彎甚至沒有感受到有機體應有的溫暖觸感。

阿表不禁心想，倘若整座島不是被鬼魂所掌控，那至今雙眼見到的群眾和孩童也許是相當細緻寫實的一種全像投影。一接觸到他們的形體就隨即消散，就表示在某個地方眺望並監視整座島的人在耍手段，企圖惹怒獵物。阿表再也無法忍耐，用力跺腳並放聲大喊。那聲疾呼並不是要向對方提告的無謂威脅，也不是要求對方現身好一較高下，而是承載著眾多的疑問句，像是想知道誰在哪裡注視這一切、想要的又是什麼的集合體。既然阿表已經放聲大喊，應該會引來剛才看到的獵人或同黨，但飽含憤恨的聲音只化為空虛的迴響在巷弄裡盤旋，然後蒸發不見。在呼喊聲消失之處，有更深層的不安與恐懼張開羽翼，將影子投映在阿表的頭頂上。

此時，某人的雙手從後方摀住阿表的嘴巴，勒住他的脖子。阿表反射性的將頭往後猛力一撞，那人的鼻子似乎被他的後腦杓撞個正著，一聲呻吟越過肩膀傳過來。對方隨即放鬆手勁，往後摔倒。

阿表轉過頭，看到一頭凌亂的藍黑色直髮、藍色眼影、混合裸色系紅磚色嘴唇、低胸淡紫色小禮服……阿表認人的功力僅有這個水準，他想不起自己以外的四十九名成員的模樣、姿態，但從這種服裝搭配看來，肯定是參賽者之一。可是，其他參賽者竟然從後方偷襲並勒住他的脖子？說他和那些人是同夥也很合情理。

阿表迅速做出判斷，揪住那人的領口搖晃大吼：「你是什麼東西?!」

教人意外的是，對方完全沒有想要擦拭鼻血的念頭，反倒一臉虛脫的笑了。

「我是人，活生生的人。」

完美無瑕的妝容沾滿了鼻血與斑駁的淚水，形成奇妙的違和感，從對方蹲坐的地上飄來一股尿騷味。

身穿淡紫色禮服的人名叫阿信，同樣親眼目睹了靠近人後卻抓不到，直接在眼前消散或蒸發的現象，然後以近乎失神的狀態逃亡到這條街。他的經歷和阿表一模一樣，由於怎麼用力也無法脫掉一身的衣服和鞋子，他變得心急如焚，不禁懷疑自己是否發瘋了，又或者這裡並非實際存在的世界。可是在見到人們從眼前消失的現象後，又不免覺得這點小事有什麼好奇怪的，不知不覺中將這場混亂當成自然現象，甚至覺得是這座島運作的獨特法則，就這樣一路跑到這裡。這不是靠頭腦分析出來的，而是在經歷前所未見的景況後，某一刻驀然撼動全身並擴散到皮膚的生存者自覺。

接著，他們無法確認應該協助彼此還是要阻撓對方，只不過為了避免被這場混沌的重量與密度給壓死而選擇同行。在路上，他們你一言我一語的說起彼此所見與推測，阿表因此獲得對於生存起不了作用的一丁點結論——任何形式的暴力和死亡，在這座島都是習以為常的景象，在步行的盡頭不可能有落腳處，也無法向任何人請求協助。這裡的市民和警察（倘若他們存在）狼狽為奸，為了置我們於死地而要我們來這裡，而不尋常的事打從來到這座島之前就已經發生。

「你不是收到電子郵件後才繳交報名表的喔？」阿信問。

雖然阿表心裡嘀咕對方為何不用敬稱，劈頭就衝著他說「你」，但阿表事後才發現，在阿信宛如鋼鐵面具般無法卸除的全妝上，有幾道無法完全掩飾的皺紋。

電子郵件……阿表從來沒有收到郵件。

不對，的確是收到了一封，不是阿表，是阿漢收到的。

就在阿漢走到陽臺去接電話後不久，電腦螢幕上通知新郵件的圖示開始閃爍，因為一閃一閃的圖示很礙眼，阿表覺得反正是垃圾信件，於是按下左鍵。發現那不是和工作相關的信件後，他依然沒有多想，只是怔怔注視著畫面。

內容是關於女裝大賽的介紹，沒有另外附上官網或連結，只接受用電子郵件繳交報名表。活動日程相對寫得很詳細，但主辦單位只有寫某某委員會，無法得知那單位是做什麼的。而且，穿什麼女裝啊？那可是年輕時校慶或研修營時拿來搞笑的活動。阿表這麼想著，差點將含在口中的酒噴到螢幕上。

雖說是隨機發送的垃圾信件，但既然主題是扮女裝，應該是將收件者設定為男性所轉發的群組信。上面說今年是第四屆活動，但阿表往年不僅一次也沒收到這種郵件，更是頭一遭知道有這種大賽。他暗自判斷，也許阿漢有什麼異於他人的嗜好，加入了哪個俱樂部或口味不是那麼清淡的少數會員網站，導致他被納入這種郵件名單。但畢竟這是公司帳號的個人電子郵件，他還是多虧了有父母當靠山，才好不容易被判緩刑，這傢伙居然還不知力圖振作。再說了，不是說有大型法律事務所介入，用妨害名譽的名義反告對方嗎？怎麼他還有這種閒情雅致，搞這種不像樣的消遣……

阿表認真的思索，往後要繼續和這種人當朋友和同事，還是把對方當成世界上無數的過客之一，但無論是哪一個情況，他都沒有選擇翻臉不認人、斷絕關係的餘地。也是，如果能那樣做，他就不會跑來阿漢家喝酒了。

即便是讓自己不自在，甚至憎惡的人，阿表都能毫不避諱的親近對方並給予幫助，他已經很習慣用「世界上沒有出淤泥而不染之人」來合理化自己的作為。年少輕狂、人性的不完整與一時情緒不穩定是隨時隨地都能拿出來當作擋箭牌的傳家之寶，若事態嚴重，精神疾病同樣是能讓他人對某人的過失深表同情，乃至於點頭認同的王牌。

同居超過一年的女友曾經在分手前問他：「身為一個具有基本常識的人，怎麼能和那種人持續往來？你也想和他成為同類嗎？還是有什麼把柄落在阿漢手中？還是有欠他錢？再不然是覺得，以後能從他身上分一杯羹嗎？」

那時，阿表一臉無所謂的回答：「假使父母或兄弟犯下殺人、強姦罪，吃了牢飯後回來，就算全村的人都朝他扔石頭，血濃於水的家人也不會將他掃地出門。就算內心混亂不已、羞恥萬分，但只要回想起彼此度過的美好時光，或對方令自己心存感激的瞬間，便無法輕易將已經存在的關係一刀兩斷，只能戰戰兢兢的祈禱，這些頭痛人物能施予最後的恩惠，甚至發揮一點良心主動遠離我……就像妳所說的，這和家人不同，但那只是妳和我設定的關係範疇有所差異罷了。可以的話，我不想輕率的與誰反目成仇，但即便如此，這也不代表他向我靠近時，我會感到心情愉快或熱烈歡迎，而是將他視為偶爾必須花點時間應付的麻煩業務而已。

「我也希望他不要私下找我，在無謂的酒肉朋友或客觀的業務之外，當他必須找一個可以拜託某事，乃至於下指示的人時，我暗自希望他可以想到我之外的其他朋友。但既然他不會直接對我造成除了心理不舒服以外的損害，那他邀約十次，總得有一次去和他見個面或傾聽他說話吧。

「想起因阿漢而受害的人，我當然很輕視他。好比說，如果受害者是妳或妳姐就另當別論，但我完全不認識受害者，對我來說她連個第三者都稱不上，我卻得承擔些什麼，優先考慮那人受到的傷害嗎？

「兩人之間發生的事只有當事人才知道，我有什麼資格以其他人的憤怒與指責為標準說長道短？反倒是假如我和阿漢針鋒相對，將他視為仇敵，先前和我無關的弊害就會找上門，他可能會把我當成箭靶，不論以何種形式。每次都乖乖接受當然會徹底變成冤大頭，但若處處逼人太甚，平白無故招來怨恨也很麻煩。雖然這樣看來，我是刻意不採取任何立場，但從調節緊張關係的角度來看，世界上所有關係都是一種業務。」

儘管無法斷言女友之所以離開阿表，關鍵在於極度厭惡阿表那番乍聽之下有邏輯又功利，但本質上不過是在狡辯的態度，總之阿表相信，想要在社會上立足，與人的關係就不可能一刀兩斷。雖然部門不同，但兩人不知何時必須面對面合作，他不想因為搞砸和阿漢之間的關係而造成職場生活的不便。

反正主張因阿漢而受害的女人已經離開公司，而且好像企圖透過反覆提出和撤銷訴訟來打亂公司氣氛，但阿表身為當上代理不過五年的在職者，自然沒有理由和離職者沆瀣一氣。阿表想守護住的是組織過往屹立不搖的狀態。只要忽視一個人的存在就能令公司順利運轉，何必冒著這種風險呢……

阿表的女友在同公司的總務組工作，在遭受到近乎放逐的調職後，自然而然的和阿表分手，她在最後一刻偽裝為忠告的惡言惡語是這樣的。

「就只有你不知道而已，不，說不定你是明知卻裝蒜。從你自圓其說、對此花費心思的行為來看，你早就成了冤大頭了。就是因為你去理會他，他才接二連三的跑來找你。倘若你接受了這件事，你和阿漢根本就沒有分別，是五十步笑百步。那種假裝無害的天真無邪，是怠惰的另一個名稱，終究是你自己欣然的去奉獻，成為第二次的加害者……我說的話太重？怎麼會？不稱它為奉獻，難道還有更好的名稱嗎？……你累了？你的人生都已經四分五裂了，還要拿微不足道的疲累當擋箭牌嗎？……」

阿表仔細讀著那封參賽說明信的最後一段，前女友的聲音在腦中餘音繚繞。裝扮道具與服裝、吃住與交通均由主辦單位提供，個人需要支出的經費為零元，優勝獎金五千萬元。

這種變裝癖大賽的優勝獎金有五千萬元？

正要重新數五後面有幾個零時，阿漢正好結束通話走過來。

阿表強裝鎮定、若無其事的指著螢幕問：「這是啥啊？你對這種有興趣喔？打算去參加嗎？」

阿漢一臉漠不關心的瞥了郵件一眼，露出厭煩的神情，將郵件畫面往下拉曳，「喔，沒什麼啦。」

阿表也回：「喔，是喔？」然後像是表達不會再多問的樣子聳了聳肩，識趣的退下。

反倒是阿漢用隱約有事相求的語調貼了上來。「我們部門被那個經營地區模特兒還是什麼事業的公司選上了，我們部門的大嬸主管啊，說既然被抽到了，要求員工一定要參加。可是這一點也不符合我的風格，我實在沒辦法去參加。不知道你能不能去？我怎麼能穿女人的衣服啊，先等我發瘋再說吧。」

這時阿表才恍然大悟，為什麼公司個人信箱會收到這種郵件，但對於阿漢泰然自若的要求對方代替自己參加的厚臉皮水準，他不禁用鼻子哼出一聲冷笑。

看到那不樂意的反應，阿漢有些著急了，開始纏著阿表不放。

「不是啦，我的意思是，你好歹在大學校慶時扮過一、兩次，還是比我熟悉一點嘛。反正是在週末舉辦，也不用特別請假，只要你用我的名字去參加，替我寫一下報告不就行了？我一定會給你一個大大的謝禮。形式很自由，寫成日記也可以，只要多拍點照片回來就行了。真的啦，行程本來都已經安排好了，可是那時我家裡有非常重要的活動，所以才拜託你。」

看他殷切懇求的模樣，彷彿這即是一開始他邀阿表來家裡的目的。截至目前，阿表觀察到兩件事。首先，阿漢並沒有把男性穿著女性服裝的行為本身當成一種樂趣或無可避免的業務，而是以近乎嫌惡與恐懼的偏頗態度視之。還有，也許是因為阿漢因個人事由給公司帶來不少麻煩，他的部門主管想藉此宣洩怒氣，甚至是為了懲處他，才要求他去做可有可無的事。如此說來，身為其他部門的自己就更不應該介入了。可是，即便他這麼想……

「代打費用呢？」阿表簡短問了一句，阿漢便舉起了三根手指頭。

阿漢平時就把頤指氣使當成待人之道，這項提議顯然很符合他的作風。看看這小子，區區三十萬元就想打發別人去扮女裝？而且這事攸關業務，還能算在你的業績上呢……

「不行，三百。」

◇

倘若將此次活動當成一種後續活動的投資概念，好比說往後能夠進軍演藝圈、在電視節目出道做為附加獎品，或是給予進入經紀公司的資格的話，如果沒有非常大咖的贊助商，五千萬獎金是個難以評估的規模。不管怎麼看，這都不是適合花費在一次地區慶典上的金額。假如真有這種事，那麼監察機關應該展開大規模調查，了解公帑究竟流向了主辦單位的哪個口袋，又是如何被揮霍掉的。舉例來說，在阿表曾經擔任約聘人員的雜誌社，每年都會舉辦約七千萬元規模的文藝投稿比賽。當時這筆金額和培養自家作者的基本資金差不多，所以一部分賭注會靠出版書籍來回收。但書籍滯銷，連一半投資金都無法撈回來，導致主辦單位撐不到五年就中斷的投稿比賽比比皆是。就這層面來看，沒有任何油水可撈的大賽竟然提供五千萬獎金？雖然這金額很具誘惑力，但不免令人狐疑。

阿表半信半疑的用電子郵件寄出申請表，並且暗自決定，即便是十元，只要回信裡有「請將參加費匯款至以下帳號」，或反過來要他寫下匯入滯留費與各種所需經費的帳號，總之只要有類似內容，他就會把這看作連深山摘野菜的老人家也不會上當的幼幼班程度詐欺，不管是阿漢的請求還是他部門主管的指示都免談，一概置之不理。但他只收到告知報名成功的各種說明附加文件，以及第一次資料審查後，在出發當天會在現場以現金給付經費的額外說明。

資料審查通過後，隨著日子逼近，阿表為了確認自己即將要跨越的石橋厚度與強度，嘗試用各種關鍵詞來搜尋。但搜尋所有年齡層均可瀏覽的女裝大賽，大多是國高中校慶或才藝比賽影片，若仔細看每一條資料，可以從較難被搜尋到的匿名留言板，找到兩年前大賽的參加經驗和紀念照。

阿表看到上面寫：化妝和服裝非常到位，要是沒有表明身分根本看不出來是男人。除了四、五張活動現場照，找不到更多照片了。根據照片說明，雖然有些小組在才藝表演時間做了令人感到些微尷尬的表演，但大家只是一笑置之，同時在場女性只有員工和觀眾，沒有特別令參賽者憂心的事；還有人在參賽後記提到，大家在合宿期間自然而然的拉近關係，之後還替彼此化妝、玩在一塊，而自己拿回家的鼓勵獎只有一個小小的鍍金獎牌和三十萬元獎金；後頭則有一些對男性穿女性服裝懷有惡意的匿名人士，也分不清楚準確的定義和分類，就拿變性人或同性戀等用語大作文章、加以訕笑；也有人留言祝賀參賽者拿到鼓勵獎等。若是將後記照單全收，那麼除了規模小到覺得荒謬，整體執行很粗糙生疏之外，活動本身看起來沒有可疑之處。反正如果在現場發現苗頭不對，只要掉頭離開就成了，而且也不用特別向公司請假，利用週末去參加就好，當成一種娛興節目也不壞。

可是昨天上午，包括阿表在內的全體參賽者在集合地點按照報名號碼領到裝有現金的袋子時，即便已被事先告知，但每當大家注視著彼此的臉孔，和他人四目相交時，仍互相露出略為難堪的微笑。儘管沒有人開門見山的說出口，但現場自然形成一種「既然已經領了錢，也簽了名，就無法拍拍屁股走人」的共識氛圍。

大家的動作很輕鬆自然，帶著些許期待的表情搭上準備好的客輪。雖然有些人不知為何帶了女朋友一起來，但大部分人都不想讓他人得知自己要扮女裝，都是隻身前來。最後就連寥寥幾位同行的女朋友也必須按照合宿規定，在乘船前和男朋友告別。

第二天上午，打從扮裝過程開始，氣氛就逐漸冷卻下來，直到阿表開始覺得這裡和自己搜尋到的文章不太一樣前，沒有發生任何事故。

也就是說，按照原先的情況，起初這應該是阿漢參加的場合，也是阿漢的頸部會中箭並仰頭倒下的巨大墓園。儘管阿表擅自點開阿漢的郵件，又被三百萬代打費用給打動是出於自身選擇，但他作夢也想不到代價是自己必須賠上一條性命。他忍不住朝地面破口大罵，腦中各種想得到的穢語傾瀉而出。阿信蹲坐在一旁，輕輕撫拍阿表的背部，指尖帶著內心的困惑。

在阿表思索兩人毫無交集的共同點，納悶怎麼只有他們收到郵件時，沒來由的浮現了一個「不會吧？」的假設。

阿表甩開阿信的手，以近乎發洩怨氣的語氣問：「如果有所冒犯，在此先向您說聲抱歉，不過大叔您過去有因為任何事情而被判過緩刑或服過刑嗎？」阿表把一位留著一頭長直髮、穿著迷你裙，身上沾滿犧牲者噴濺的鮮血，又經歷淚水縱橫與大汗淋漓的過程後，仍維持著宛如石膏妝容的人稱為大叔，就連他自己說完都覺得很扯。

「哦？什麼意思？怎麼說話沒頭沒腦的？」阿信顯得驚慌失措，講話也跟著結結巴巴。

「雖然不曉得你在哪兒聽到什麼傳聞，不過我以前的確是和一名女代課老師有過一點糾紛……不過你講什麼緩刑還是服刑，話未免太重了……總而言之，我們私下和解了，教育局審議也認為這不是什麼問題，事情圓滿落幕。但是，這和你有什麼關係？」

聽到和解、女代課老師、教育局等關鍵詞，阿表腦中剎時浮現各種新聞提要內容，不禁心生厭惡的搖搖頭。單純只憑這件事就要將兩者扯上關係，只能算是個人臆測，樣本數也不足以支持這個論點。儘管如此，新聞提要上的內容在腦海中打轉。

「她就跟我的女兒一樣……平常就像對待家人般……應該是有什麼誤會……雖然這是誣陷，但如果令她感到不快，我在此誠心誠意的表達歉意……」

雖然在脈絡和內容上，這些和阿漢用來捍衛自己的無數好聽話稍有不同，但本質帶有類似的意圖。

「我們曾經是男女朋友……在雙方同意下發生關係……只是經過一般交往過程後和平分手罷了，誰也不曾欺瞞……至於分手後也偶爾發生關係，僅是成年男女基於當下的判斷與自主決定權所做出的行為……」

儘管沒辦法確定任何一件事，但阿表仍能隱約拼湊起包裝在充滿惡意的邀請函、獎金等字眼底下的內容本質。雖然這依然無法解釋脫不下也撕不破的服裝和鞋子的分子構造，但他的心中有了底——有人即使必須承受此等龐大繁複的過程，也不惜一切想討回公道。

「收到郵件是一回事，但您為何報名了呢？不報名也行啊。像大叔您這樣的人要挑戰，應該各方面都會很吃力才是……嗯，這也算一種偏見嗎？不過話這麼講也沒錯啊，大叔又不是年輕人，一定是有什麼原因才讓您下定決心要穿上這身礙手礙腳的服裝吧？」

阿信依然結結巴巴，毫無章法的喃喃自語：「要付和解金，各方面急需一點錢……」

還有呢？阿表心想他八成是被某人威脅了，不禁咂了咂舌。想必遲早某個單位會寄郵件來，要求他履行和解事項並按照指示行動之類的吧。阿漢究竟對這件事有多少了解，才會提出將近一個月薪資的條件，硬將他趕上架？會不會打從一開始他便謊稱是部門主管指示，實際上是受到匿名者的威脅？阿漢僅是基於身心的抗拒，覺得這件事很丟人現眼才要他參加？總不會明知這是死路一條還派他代打上場吧？——不管是哪一種假設，都一樣令阿表心煩意亂。這些可能性闖進了咒罵與作嘔之間，互相交纏在一塊。網路上的後記不管是發表日期或照片，想怎麼捏造都可以，阿表卻對此深信不疑，為了區區三百萬元，而且還是口頭承諾，就交出了自己的生死大權。

如今好不容易有了點蛛絲馬跡，卻依然沒有任何脫逃方案。自己和其他四十九名參賽者一點關係也沒有，也和他們截然不同，從不曾對誰犯錯，只不過是代替朋友、抱著半好玩的心態……不，只是約好要收錢，才逼不得已來到這裡。在這之前，他總是在全然中立的世界維持自己的本色，盡本分的活著，卻糊里糊塗被趕到這裡，成為遭人獵殺的對象，真不曉得要上哪兒去申訴自己這份冤屈。

去找剛才那些獵人訴苦求情會比較好嗎？不過他們一旦發現任何動靜，就會不由分說的朝這邊射箭。這裡猶如將時間之衣褪下並拋到一旁，被流放到空間之外，眼前一切要素——假設大規模的寫實全像攝影靠技術就能呈現，仍需籌措並動員進行此繁雜手法的人員和鉅額資金，且從這裡的廣場、街道和公寓來看，他們不知用什麼方法拉攏了分明存在於此處的人民。還有衣服和道具，如果是採購軍需品進行改造，不管它們上面具有什麼特殊成分或裝置都不會令人奇怪。這麼說起來，只要存心使壞，世界上根本沒有什麼不可能的事。阿表暗自祈禱這條街及巷弄，還有眼前的阿信與自己的模樣不過是噩夢的其中一個場面，甚至抱著最後一線希望——自己的存在本身不過是某人想像出來的。

「……往海邊走的話，應該會有小船或木筏吧？」阿表暗自嘟囔。

包括活動助理和這個舞臺的設計者在內，從外頭進來的人很多，應該至少會留下基本的交通工具，如果是他們搭來的船隻，好歹貨艙內也會有個藏身之處。要是無法躲起來，那就從船員中選擇一個女人或看起來最弱小的人當人質……不對，應該反過來，應該要在能夠壓制的前提下，選擇身材魁梧或看似位居要職的人。如果挑上船長，想必沒有人會多說二話。在這種連基本常識或法律安全網都不留痕跡的地方，老弱婦孺總會率先被丟下。

「無論如何我都要離開這裡。如果您打算一起行動，我先打開天窗說亮話。一旦被某個人給盯上，就要卯足全力逃跑。您做得到嗎？在腳上蹬著這尖頭高跟鞋的情勢下，說真的我沒有照顧大叔您的餘力。」

不知是至今仍保有不願放棄的正面心態還是沒搞清楚狀況，阿信露出略顯慌張的神色。

「不去向警察或政府機關求援嗎？實在沒辦法的話，跑到小店之類的地方，拜託老闆讓我們藏身？」

也許他一直都活在那樣的世界裡，活在自己握有的力量微不足道，但至少能向擁有權力的某人求助的世界裡。從未被扔到自己常識無法解釋的世界縫隙的人，很自然會展現出這種樂觀且天真的反應。

阿表在巷子角落的廢棄材料堆找到斷裂的方形木條和沾了油汙的毛巾，將它們撿起來，帶著未雨綢繆的想法，用毛巾將木條綁在左手上。

「會有人嗎？就算有好了，您覺得他會幫助我們嗎？我怎麼看都覺得他們是打定主意要趕盡殺絕，才把我們叫來這裡。要是您有那種想法的話，就請自行去找找看吧。」

阿信雖然明白危急情況時要自求多福，但或許是生怕錯過好不容易才發現的生存者，只得猶豫的點點頭。「沒……沒有啦，我會跟著你。」說這話時，阿信的嘴角蹙出了一道深刻的皺紋。

阿表很想辯解，說自己有多無辜，說自己是受到了不義的陷害，卻無處宣洩忿忿不平的情緒，因而處於腎上腺素達到顛峰的狀態。儘管不知道緊跟在後頭的阿信或其他人是怎樣，但他對於自己有資格活著離開這座島這件事深信不疑。在離開那條巷弄前，他看到遠處宛如熱氣升騰般搖曳的人影，是女人的形體——他揮動方形木條，朝著反正必定是全像投影的那個東西衝了過去。

下一刻，擊中東西造成的沉鈍感通過手掌振動、沿著手臂來到肩膀。阿表用力揮擊後，訝異的俯視地面。女人倒下後，頭部流出鮮血，這股明顯的異物感傳到了阿表的鞋尖。在錯愕之際，阿表不自覺的上下揮動手腕，試圖甩掉木條，但木條被油汙毛巾緊緊捆在手上，邊緣沾上的鮮血與肉塊彈向空中。他以顫抖的手解開毛巾上的結，方形木條從手中掉落，巷子裡響起木條敲擊地面的聲音。

豐腴中年女人揹的環保袋中滾出了幾顆水果，在一小片血海上緩緩滾動。哦，這……我不是故意的，這真的不是我的錯，我不知道這裡會有活生生的人。真要追究責任，就去找起初朝著人的頸項射箭，引起混亂和恐慌的獵人，不然就是投射奇異的影像，假裝這一切是真的並加以嘲弄，導致看到這景象的人除了生存本能，其他人類該有的意識均被剝奪的某些人。

但比這些辯解更快湧上來的，是先前屢次目擊人們中箭倒地後也沒嘔出的青白色嘔吐物。酸味與血腥味混合後，使情勢顯現出更具體的成分和色彩，令阿表為之震懾。阿信稍微探頭遠望目前的狀況，接著似乎是判斷陷入慌亂狀態的生存者再也幫不上忙，開始一步步往後退，接著在某一刻轉身逃之夭夭了。

淚水與鼻水同時流入嘴巴，嘗到的卻不是鹹味而是苦味。先前無論如何搓揉都文風不動的妝容被一點一滴抹掉了，但因為沒有鏡子，所以無法確認。阿表用手背抹了抹臉頰，看到上頭沾了黑色眼線和酒紅色腮紅。他帶著「可能嗎？」的想法拉扯了一下衣服，但依然無法脫掉也撕不破。

天底下自然不會有這麼便宜的事，就好比某個平時遊手好閒的人耍了一點伎倆，將牛皮罩在頭上，最後卻怎麼也脫不下來，就這麼化身成一頭牛，挨著鞭子耕田度日，直到他留下懺悔的淚水，牛皮才猶如蟬蛻般脫落——但類似的情節並沒有發生。阿表又拉扯了一下鞋跟，一樣毫無動靜，他依然在兩輪月亮之上行走。在套上非自身的鞋履、身穿他人之裳前絕對無法體會的感覺，蔓延到阿表的全身。儘管如此，與其說那是一種疼痛感，不如說更貼近搔癢感。

阿表驀然發現死者的環保袋中有張露出一角的白紙，於是將它打開來看。他以為那是買菜的收據，結果卻是寫給某人的訊息：

——雖然不知道其他人怎麼想，但我不同意這種互相傷害的遊戲。活著的某個人若是發現這個袋子內的物品，就請拿去享用吧，還有，請務必竭盡全力逃亡。

為了素昧平生的某人，平凡的中年女人在蠟筆色調環保袋內裝滿了水果、麵包、礦泉水等各種糧食，並打算放到巷弄某個顯眼的地方。

這時，一群身影朝阿表的背後接近。不知不覺中，夜幕已逐漸落下。阿表回頭一看，後頭是沒跑多遠，背部就中了四、五箭而往前倒下的阿信。一群戴黑帽的獵人背對月光佇立、將阿表團團包圍。在幽暗的黑影中飄揚的帽緣猶如猛禽振翅，擱放在每個人肋下的弓宛如耙子形狀的指爪，散發出鋒利的光芒。他們看著彼此，你一言我一語的爭論。

「他臉上的妝不見了。」
「真的耶，妝消失了。」
「那麼這個人就不是執行的對象。」
「可是，就算不知道他之前是怎樣的人，但他現在殺了那名上年紀的女人。」
「就是啊，妝只不見了一半。」
「哪有一半？連三分之一都不到。一定是後來就擦不掉了吧？這只能說是單純的巧合，或是哪邊出了差錯。」
「不管到哪，都會有意想不到的例外。」
「不然就這麼辦吧，把他的假髮還有剩下的衣服和鞋子都脫掉吧。」
「好，能褪下蛻皮的人無罪，不能褪下的人就是有罪。如果只能褪下一半……」
只能褪下一半究竟是什麼意思？是指脫到一半就脫不下來，還是如果碰到那種情況，自己的身體就會發生什麼事？最要緊的是，雖然不曉得他們是以何種基準來即時做出審判，但在那件事之前，六、七名獵人——若按照他們的說法是執行者——將阿表推倒在地，分別負責抓住他的四肢。不管阿表如何奮力掙扎，他們依然屹立不搖，用全身的力量壓制住阿表，就好像如果必要，他們會永遠維持相同的姿勢。
見到阿表放聲慘叫，頭部劇烈朝左右搖晃，其中一人以膝蓋——用厚厚的皮革護具緊緊包覆的膝蓋——塞住他的嘴巴，將他的頭部固定在地面上。接著有好幾隻手扯下他的假髮，阿表頓時感受到溫熱的溼氣沿頭皮傾瀉出來。十多隻手同時迎面而來，縫隙之間透出銀白色的月牙，此時阿表領悟了，自己的一切都在汙穢的水泥地板和月光之間碎裂崩解。

之後，又有另一人以膝蓋猛力壓住阿表宛如砧板上的魚般突出的腹部，像是在吐痰似的，讓咬在嘴上的刀落在自己手中，然後用它劃破衣物。就連用罐頭蓋破壞都無法留下任何痕跡的連身洋裝，竟然伴隨著金屬聲和噴向空中的血腥味，不可思議的裂開了。

許多隻手相繼拉扯衣服，先前彷彿化成肌膚一部分的一層衣服掉落，被撕成無數碎片。黏在每一片碎布上頭的肉片散發出惡臭。儘管在虛構的故事中，有許多基於各種理由而皮開肉綻的男性，像是落入涅索斯圈套的海克力士、與阿波羅打賭輸掉的瑪敘阿斯[21]、永遠失去尤麗狄絲而招致女人怨恨的奧菲斯[22]，乃至於為了即將到來的春季播種而獻身的戴歐尼修斯[23]，但在阿表墜入黑暗深淵的意識中浮現的，是被奪去一頭秀髮和衣著，身上的肉以牡蠣殼和瓷器碎片剜去、慘遭殺害的數學家希帕提亞，真實存在的她。

21 阿波羅發明長笛，送給女神雅典娜。女神嫌惡丟棄並施加詛咒。羊人瑪敘阿斯拾起長笛，成為嫻熟的演奏者，並向阿波羅挑戰。阿波羅擊敗瑪敘阿斯後，將其活活剝皮。

22 奧菲斯的妻子水神尤麗狄絲遭毒蛇咬死。奧菲斯到冥界救妻失敗，傷心流浪到色雷斯，遇酒神女信徒要求他吟唱助興，奧菲斯拒絕，女信徒在盛怒之下將其分屍。

23 戴歐尼修斯是葡萄酒神，酒神節便是在春季舉行，祈求葡萄順利豐收。據說他是被泰坦神族分屍殺死，也有一說是天后赫拉下令殺害。

作家筆記

◇

有句印地安俗諺是這樣說的：「別輕易評斷他人，除非你穿著他的莫卡辛鞋，步行於兩輪月亮之上。」（Do not judge your neighbor until you walk two moons in his moccasins.）我在尚未有網路的時候，因為不曉得這句俗諺的原文，還誤以為意指用莫卡製成的鞋子，一直很好奇莫卡是什麼。

正如字面上的意思，這句俗諺帶有「不管在任何情況下，都不要隨意評斷他人」的訓誡意味，但若是聚焦在唯有神話或想像中才可能出現的「兩輪」月亮，便可得知本質上要理解他人就是不可能的事。

◇

西元前兩千年左右，克里特島是個母系社會。每當舉辦節慶，男性會穿著女性服裝參加，而貴族女性則會在露臺觀賞這幅景象。[24]

鳥身女妖則是出現於希臘神話的怪物，擁有女人的臉孔與鳥禽的身軀，意思是「具掠奪性的女人」。在故事中將女性設定為怪物或妖精，就和聖女／娼妓的二分法相同，是長久以來的文化敘事傳統。

◇

有關最早的古希臘女性數學家兼哲學家希帕提亞的事蹟，可參考《風暴佳人》（Agora）等電影和許多小說。關於她遭受嚴刑拷問，被暴徒用牡蠣殼剜去身上的肉後慘死的背景，其被指控的名目包括傳播異教徒思想、成為主教和總督間的政治犧牲品等各種說法，但最具信服力的，乃是因為她身為女性才慘遭殺害。

24 參考資料：《初次閱讀的女性歷史》，鄭賢栢、金貞安，二〇一一。

金成重

김성중 © Kim Seong Joong

1975 年生於首爾。2008 年以《請將我的意志還給我》獲中央新人文學獎，正式踏入文壇。曾連續 3 屆（第 1 至第 3 屆）榮獲青年作家獎。著有短篇小説集《搞笑藝人》、《國境市場》；長篇小説《Isla》。

火星的孩子

被發射到火星的十二隻實驗動物中，唯有我倖存下來。

我們被冷凍於兩百七十度的液氦中，被發射到未來。

即便是在同事將航線從「作夢」改為「死亡」時，我仍恪守自己的本分，持續維持生命跡象，與停止跳動的心臟和凍結的身體一起冬眠是我的義務。橫越宇宙的期間，火星變換為赭紅色的蟲子、赭紅色的衣裳、赭紅色的雲朵，在我的夢境起舞。雖然我已成為冰凍之身，但夢境並未凍結。幾個世紀宛如一場極為漫長的白日夢。

我被發現時是呈現躺臥的狀態。發現者是我自己。

我能感受到行星的脈搏順著血管緩慢循環。

我躺了多久？太空船是何時抵達此處的？我還活著嗎？或是死了？這裡是火星還是死後的世界？

疑問接二連三冒了出來，大腦於是下了指令：闔上眼睛再張開。我眨了一下。好，沒有什麼不同，應該不是出現幻覺。我又試著再次讓眼睫毛貼合再分開，眨了一下，纏繞在眉毛之間的數百年光陰發出慘叫聲並逃之夭夭了。我和太空船的幽黑瞳孔四目相交，那扇圓形玻璃窗上映照出地球漸次變小的倩影。

記憶一路穿越時間，與此時的我交會對接[25]。滿溢的飼料、新鮮的水果和香甜肉汁滴落的肉品。我們是研究室的寶物，猶如祭品羔羊般享受目不暇給的供品，直到離開前夕仍倍受禮遇。我們是在無數實驗動物死亡之後，彙整那些資料後所打造出的複製品，我們是人類的夢想。

然而，人類同樣是我們的夢想。我的語言、智力、說話與思想方式，乃至懷念地球的那份心情都不折不扣的「像個人類」。我無法區分那份思念是打哪來的，是被移植的或是自然產生。在經歷各種實驗後所誕生的我，連自己是什麼生物都不曉得。

直到出發前，我為了接受檢查和勤加訓練而忙得不可開交，所以沒能好好和地球道別。只有幾個畫面猶如郵票般殘留在腦海中，像是朝著我揮手的人們、發射那一刻的天搖地動、心臟受到的壓迫與耳壓、簡直都要懷疑太空船是不是起火般滾燙的渦輪熱氣，以及在真空中遊走的電纜線。

沉溺於傲慢之中的男人們。

休士頓。

倒數計時。

沿著圓形玻璃窗緩緩旋轉的一群蜘蛛。

---

25 對接（docking），指兩個太空載具在距離非常接近、保持相等軌道速度的狀態下會合。

倘若事情進行順利，這裡應該不是地球。

倘若事情進行順利，這裡會是火星的某處。

倘若事情當真進行順利，這裡會是未來，因為定時器被調整到五百年之後。

身體一扭動，便感受到全身上下安全帶收緊的力道。我這才想起自己被緊緊綑綁的事實。為了避免受發射與著陸時造成的衝擊影響，所以盡可能把我們「密封」了起來。

腦海中自然浮現訓練的事。在我接受的訓練中，有自由落體、在真空中移動、如何處理排泄物，還有尋找解除安全帶的按鈕。

按鈕，按鈕在哪裡？

才剛浮現這個念頭，指尖就摸到某樣物品。

冬眠後不代表就能死而復生。雖然安全帶解除了，我卻沒有起身的勇氣。身體有可能不像意識那樣完好無缺，可能會在冷凍又融化的過程中腐爛或損傷，壞死的神經也可能不會復活。受到重力影響，也許心臟瓣膜變得很脆弱，視力也可能不如過往。我必須像結凍的魚再次融化般慢慢移動身體，要慎重一點，一項一項檢查比較好。能夠指揮這個過程的人只有我自己。

右手臂，會動。

左手臂，會動。

兩條腿和膝蓋，也同樣會動。

視覺、聽覺、觸覺已經處於燈亮狀態。

現在該起身到外頭去了。腦袋雖然這樣想著，我卻只是盯著太空船的天花板看。

汪

汪汪汪汪

汪汪

汪

某處傳來狗吠聲。若說是我出現幻聽，這叫聲未免也太長。有隻狗以清晰又具節奏的方式吠叫著。聽那叫聲不像是很多隻，而是只有一隻狗在吠叫。

難道太空船的某處是打開的嗎？

一想到太空船被打開了，我便無法繼續躺著。我瞬間坐了起來，然後因為貧血的緣故而頭暈眼花，不過身處黑暗中可是我的強項。

我吸了一口氣，試著用視覺來描繪疼痛在體內擴散的路徑。突觸和神經元宣告復活，幽暗的霧氣緩緩消散。

睜開眼睛時，有一隻西伯利亞哈士奇在我眼前搖晃尾巴。

萊卡。

小狗泰然自若的開口自我介紹。牠用我無法理解的外國語言向我搭話，看我一副聽不懂的模樣，「汪」，牠又吠了一聲，更改語言後再次開了口。

「哈囉，我叫作萊卡。」

牠的英語有著濃濃的外國人腔調。

「你怎麼……」

我指著萊卡背後鎖上的門，吃驚的說不出任何話來。我無法判斷狗會說話和狗會開門進來兩者，到底哪一件事比較驚人。

「……開門進來的嗎？」萊卡神色自若的替我講完整個問句，然後回答：「沒有我開不了的門。」

牠說，自己可以穿越牆面，也可以穿越重力、穿越銀河界、穿越白色和赤色的所有行星。

萊卡是隻已經死去的狗。

「太空船爆炸時，我的身體炸成了無數碎片，宛如祝福地球的聖水般噴濺到空中，在那之後就一直處於漂浮狀態。該死，死後靈魂出竅了才發現，正如你所見到的，沒有神明也沒有天國，我又無處可去。」

我有種似曾相識的感覺。那是出現在螢幕上的一張照片。我「認識」萊卡，牠是我們實驗動物的元祖。一九五七年十一月三日蘇聯發射的史普尼克二號上的萊卡，是比人類更早前往宇宙的最初生命體。

「我出生於三百年後，所以是你的後代子孫。」

「你來自哪裡？」

「亞利桑那，美國。」

「美國人啊，我見過幾次。好像是經過金星附近，碰到失事太空船的時候吧，我從玻璃窗上看到了白髮蒼蒼的年邁男子。他已經徹底發瘋了，不停舔舐著牆面。我問他在幹嘛，結果他說自己其實很害怕月亮。他曾聽說人只要到了月球就會發狂，偏偏就在抵達的那一刻想起那句話。之後我就聽到『砰！』的一聲，操縱的機器從來不曾出現運轉異常，反倒是工程師自己先發狂失控了。」

「好有趣的故事。」

「嗯。」

我們佇立在短暫的沉默中。

「感覺這其中似乎有什麼脈絡，發狂的太空人、在死後的世界飄蕩的實驗動物和在未來復活的冷凍哺乳類。」

最後一句話指的是我。

我彎下膝蓋，對上萊卡的眼神，很認真的問：「萊卡，你說說看，我是一部機器嗎？」

「不，完全不一樣。」

「那我看起來像個人嗎？」

「你講話時確實是像人一樣，也是用兩條腿走路，但不是人類。」

「我死了嗎？不好意思，畢竟你不是已經死了嗎？那麼你和我像這樣對話，不就證明我已經死了嗎？這裡是哪裡？是宇宙，還是死後的世界？」

「問我們身在何處，就和問我們是誰是一樣的。」牠伸了個懶腰，舒展一下身體，接著故意顧左右而言他。「要不要給你看我的寵物跳蚤？」

萊卡伸出背部，上頭有胖嘟嘟的跳蚤不亦樂乎的跳來跳去。不知道是否因為沒什麼重力，跳蚤跳得又高又慢。總共有四隻跳蚤，分別以太空人的姓名命名為柯林斯、歐文、施威卡特、艾德林。

「你曾經是人類的寵物，現在卻飼養了寵物跳蚤呢。」

「你知道成為實驗動物的兩大要件是什麼嗎？」萊卡再次將跳蚤收進身體。跳蚤使勁吸吮著牠的鮮血。「聰明伶俐且身強體健，以及沒有主人。我曾是一隻離家出走、在莫斯科市區遊蕩的小狗，在跑進研究室、吃到肚皮快炸開時，我還心想自己可真是走運。等到我回過神來，才發現自己全身被緊緊纏上通電的纜線，在飛往宇宙的途中。該死，這根本是在搞搖滾樂嘛。」

牠哼著大衛．鮑伊的〈Space Oddity〉，朝我眨了眨眼睛。我不知道搖滾樂是什麼，也不知道萊卡養跳蚤的原因，更不知道大衛．鮑伊是誰。儘管如此，我仍點了點頭。大概是因為覺得很滑稽吧。怎麼會有附在靈魂上的跳蚤？所以說，在萊卡的身軀進行氧化作用時，那些跳蚤也在散開後，又如宇宙粒子般聚在一起快樂的吸血嗎？

「我們不知道這裡是哪，雖然是火星，但也不知道是哪個次元的火星。反正，你別想太多就是了。」

見我笑了出來，萊卡以和藹的眼神注視著跳舞的跳蚤。

這次輪到牠提問了。牠很好奇地球的最新消息。雖然說是最新，其實已經是好幾百年前的歷史了，不過反正我知道的事情不少。

好比說，牠不知道研究室不存在了，將牠送到宇宙的研究員全死了；反對違背倫理的動物實驗，在全世界進行示威的動物保護人士也死了；萊卡的朋友中，同樣被選為實驗動物，但最後審查時落選的阿賓娜也死了；蘇聯也死了。

「蘇聯解體了？」

萊卡彷彿聽聞祖國悲劇的亡命之徒般受到打擊。消失的蘇聯一事勾起牠無限的鄉愁，畢竟冷戰時期的太空人發起了代理人戰爭，而萊卡被他們親手送上宇宙。牠的存在一度代表著蘇聯的勝利。

「還曾經有過放我肖像的紀念郵票耶……」

萊卡像是丟了魂似的。不，應該說是只剩下魂魄嗎？

為了轉換一下沉重的氣氛，我問牠是如何從月球來到火星的。

「死翹翹之後要來這裡很方便啊，不過我是靠四隻腳爬過來的。在月球上啊，不管人類是生是死，到處都是太空人，萬頭鑽動的，耳根實在無法清靜。我剛來到火星時，這裡還是個沒有半個足跡的完美隱遁之地呢，所以我才心想，這裡既不是天國也不是地獄，根本就是個煉獄。」

「煉獄是什麼意思？」

「我的媽媽咪啊，你連但丁都沒讀過？」狗兒吐出長長的舌頭，發出嘖嘖聲。

這隻高度只到我膝蓋左右的西伯利亞哈士奇聰明得讓人覺得荒謬，也無比尖酸毒舌，同時也是個藉由對他人的無知表示吃驚來顯現自己的知性、傲慢品行的持有者。

「也是啦，在我見過的動物之中，你的模樣真的很獨特。雖然不屬於人類，卻和人類一樣愚蠢無比……啊，抱歉。」萊卡用絲毫不帶歉意的表情說道。

我開始討厭起表情豐富的程度媲美詞彙的這隻小狗了。

「不過，這裡的味道你受得了喔？」萊卡突然一臉嚴肅，動了動鼻子嗅聞著，然後牠朝躺著十一具屍體的膠囊吠叫。「你可得體諒一下我，畢竟我是條狗。我的意思是，對嗅覺發達的我來說，屍臭猶如一場酷刑。把他們丟著不管，對過世的同伴也很不禮貌。如果我們要一起生活，有必要打造一個更舒適宜人的環境。」

雖然不曉得我倆什麼時候變成了「我們」，又是什麼時候決定要一起生活，不過我仍先點了點頭。相處過後我才逐漸領悟，萊卡很善於發號施令，而我則是覺得接受指示比較自在。

打開膠囊一看，和我長得一模一樣的複製品用各自不同的方式腐敗著。似乎發生了點問題，所以膠囊內的冷凍溫度沒有正常運作。真是一幅令人看了不太舒服的景象，畢竟這裡展示著各種死亡的樣貌，而他們都擁有和我相同的臉。

化為白骨的屍體還好一些，不過當手碰觸到還流著黏稠屍水的屍體時，身體不由得起了雞皮疙瘩。儘管如此，開始勞動後我也產生了幹勁，賣力清掃了每個角落。清理太空船也等於是在整理過去三百年的歲月，在大肆活動筋骨後，恢復日常生活的感覺也跟著回來了。

窗外的橘紅色大氣慢慢變厚了，我想趁天黑前埋葬那些屍體，於是打開了太空船艙門。

我的腳終於踏上了火星。眼前風景和地球的荒涼之地並無太大分別，稜角尖銳的石子、僅有輪廓線條的岩塊、沒有半點雲朵的杏色天空——這裡真的是火星嗎？因為見不到任何雲朵，天空彷彿面無表情、高深莫測的人臉。

我將鏟子插進地面開始挖土，顆粒比地球更細微的火星沙飄浮於空中，然後緩緩落下、沉澱。我先將屍體一口氣放入挖得很淺卻寬廣的地洞中，蓋上泥土，再把著陸時自動張開的安全氣囊剪下來，覆蓋在上頭。我把拿起來很有份量、看起來像是橄欖石的石子壓在邊緣後，埋葬工作就算告了一個段落。

我的同伴們，十一名複製品，終究等於是為了長眠於火星，才經歷這趟漫長的宇宙旅行。

福波斯和得摩斯[26]，兩顆毫無生命跡象的衛星在太空中飄浮。

26 火星目前已知擁有的兩顆衛星，分別為火衛一與火衛二，被以希臘神話神祇、戰神阿瑞斯之子福波斯及得摩斯命名。

走進太空船，發現萊卡窩在駕駛座底下呼呼大睡。

我也走進膠囊躺下來。膠囊依然是個舒服的床鋪，一旦設定為睡眠模式，柔軟布料就會立即注入空氣並慢慢膨脹，包覆身體。不過，當初設計這項裝置的科學家大概料想不到它還有項附加優點，那就是懷念和人之間的身體接觸時，它能帶來心靈上的撫慰。輕輕按壓附在布料上頭的空氣管時，就好像有個隱形人緊緊抱著我。

在宇宙這麼寂寥孤單的地方，不得不說它真是一項非常有用的功能。雖然我也很想讓萊卡體會一下這心情，但牠是隻極為孤芳自賞的狗，所以很討厭別人碰觸牠的身體。

◇

我是在初次見到得摩斯那天抱住了萊卡，那天也是萊卡介紹「伊甸園」給我認識的日子。

「這是火星上最美麗的波浪沙漠，『伊甸園』是我替它取的名字。」

走了大半天後，開始出現被挖成貝殼模樣的土地。在矮小的丘陵上，垂掛著一道道彷彿手藝精巧的雕刻家雕琢而成的幾何紋路，零星的石子閃耀著金光、藍光與黑光。

「真的好美哦！」

我用手輕輕觸摸赭紅色沙子，陶醉其中。毫無濕氣、閃耀橘光的沙子緩緩從我的蹼之間流散開來。

萊卡一副很無言的樣子，舌頭發出嘖嘖聲。「真是搞不懂耶，既然把你送來這個連半滴水都沒有的星球，幹嘛還要替你安裝什麼蹼啊？」

就在此時，遠處捲來一陣旋風。「遠處」這個念頭才剛閃過腦海，等我回過神來，瞬間沙塵暴已經來到跟前。

「是塵魔！」

伴隨著萊卡的高聲吶喊，一陣強風將我們團團包圍。我整個被嚇壞了，忍不住抱住萊卡，蹲坐在地面上等待暴風過境。

不知是否因為重力較弱，沙塵暴的威力並不如它的氣勢般浩大。儘管全身都被厚厚的沙土覆蓋，但幸好安然無恙。

等到回過神來，在我懷中的萊卡惡狠狠的說：「下次務必獲得我的允許再碰我的身體。」

「哎喲。」

萊卡走出我的懷中，突然停止說話和動作，發出嘆息聲。

「怎麼了？」

「原來妳懷孕了，妳是母的！人類可真殘忍啊，怎能把有孕在身的動物送上宇宙？」

腦袋頓時呈現一片空白，白光逐漸匯集成一個圓點，轉變成實驗室的照明。在燈光之中，有一群人身穿白袍俯視我，李赫諾夫斯基博士還有拿在他手上的針筒。

「在地球時，人類拿妳做了什麼實驗？」

螢幕上的圖表、塞西莉亞夫人淚眼婆娑的捆綁住我，接下來是……雖然我拚命在腦海中東翻西找，但畫面到這邊就完全中止了。見我一副結結巴巴，說不出任何話的樣子，萊卡露出了「早料到是這樣」的表情。一股抗拒感湧了上來，記憶資料開始出現中斷。儘管如此，我依然察覺了大部分發生的事實——我沒有和誰交配就受孕了。

「這叫作『洗腦』，簡單來說，就是妳的記憶被刪除了。」

萊卡真的無所不知，而且很懂得如何安慰別人。牠嘴上說著「反正沒有記憶日子比較好過」，同時也露出苦澀落寞的神情。

「妳看看我，我什麼都記得，一丁點都沒有忘。不管是成為流浪狗的時期；被領養後又被趕出家門的那一刻；連同我的名牌放在研究室一角的鐵窗；我大聲吠叫，祈求人類釋放我，卻被嘲笑我是不會說話的動物（有見過像我這麼能言善道的狗嗎？）；全身配戴沉重裝備時帶來的壓迫感；還有惶恐的目睹太空船起火的事……我是被燒死的！老天爺啊，太空船發射不到五個小時，我就在天空化為灰燼。與其保有這駭人的記憶，像張白紙般一無所知還比較人道吧。」

萊卡陶醉於自身的悲劇中，一個勁的吼叫。聽到那充滿怨恨的嗓音，我出自本能的將手覆蓋在肚腹上。在連自己是人類還是動物都不曉得的情況下，突然搖身變成一名母親，感覺不是很奇怪嗎？

「我也是母的，我的後代子孫應該還住在地球上吧。」

就在此時，有可疑的物體閃閃發光著。

受到沙塵暴影響，原先被埋藏在地底的某樣東西露了出來。乍看之下好像是連接了塑膠水管的洗衣機。

見我一走近，萊卡便壓低音量發出訊號，要我趕緊挖挖看。

因為沒有輔助工具，耗費了不少時間，等我將那樣東西取出後，才發現是一臺高度僅到我的一半，身軀卻有我兩倍寬的探勘機器人。可能是用超輕量材質製成，抬起來時並不覺得特別重，但邊緣的稜角被壓到變形了，橡膠圈也從輪子上脫落，電源處於徹底關閉狀態。

我說它好像故障了，但萊卡搖搖頭，指著機器人背面。

「妳把那邊擦一擦。」

牠所說的地方是積滿厚厚灰塵的太陽能板。

我們將探勘機器人帶回來，擱置在光線充足處，過沒多久便忘得一乾二淨，就像把枯死的花盆擱下便拋在腦後。

有一天，太空船內忽然大肆響起莫勒第三號交響曲（是萊卡告訴我的）。我睜開眼睛一看，發現機器人啟動了。

「真抱歉，這麼晚才打招呼。」

機器音聽起來彬彬有禮，詞彙和抑揚頓挫都很自然，而在正面可以被稱為「臉蛋」的部分發出了亮光。雖然它沒有嘴巴，但如霓虹燈的眼睛會擴大或縮小成一個點，像動畫貼圖一樣表達自己的情緒。

「我叫得摩斯，是以衛星的名稱命名的。」

「那也有福波斯嗎？」

萊卡自以為聰明的問完後，機器人的眼睛轉換成白鎢的顏色，瞇成一條細線。稍後，我們得到「福波斯墜落到峽谷中，已經失去訊號很久了」的回答。還有，得摩斯的生命延續了下來。

雙胞胎機器人既是拓荒者，也是實驗室兼攝影師，它們形影不離的在紅色大地上四處走動，徘徊至地平線的盡頭。它們是相依為命的雙人組，如果有一方陷入危機，另一方就會負責拯救它。它們度過了比地球預期還多上五倍的壽命，在執行任務期間，兩名機器人建立起緊密的情感連結，智能也越來越高。它們勤快的拍下川流溪澗的網眼組織、埃律西昂平原的樣貌、水手號谷的紅土及四處尋找水源的足跡，傳送到地球上。

傳送照片後，它們會播放在宇宙收集到的各種聲音，然後一塊聆聽，假如偶然攔截到太空船通訊的內容，就會高興得不得了。雙胞胎機器人對於自己傳送資料過去的藍色星球懷有一股難以名狀的愛，它們明瞭了什麼是「愛」，也領悟到何謂「思念」，那是無止盡的朝同一方向傳送資料的行為。

雙胞胎機器人拍攝的照片一層又一層的儲存在科學家的「抽屜」內，總有一天它們會轉換為適合在火星上穿戴的安全帽、手套和長靴。目錄會逐漸增加，而在亞利桑那州或新墨西哥州某處會出現一個模擬火星。人類將在那裡進行來到此處的事前練習，他們會穿上長靴，繞著圈圈走路，同時運用以福波斯和得摩斯所傳送的資料為基礎打造出的工具和產品，逐漸習慣類似的重力。

雙胞胎機器人猶如想在遙遠地球上置產的人般，一來一往的聊著模擬火星的話題，且樂此不疲。其中也包括返回地球後，成為具有象徵意義的機器人及光榮退休的計畫。它們會接受大家的崇拜，在自己開拓、打造的舒適樣品屋安享天年，還有——

「會被製作成郵票吧？」

萊卡冷不防的插嘴，流露嘲笑的尖銳口吻毫不留情的打破得摩斯的美夢。

「我敢向你打包票，絕對沒有那種事。你看，人類根本活不了一百年，憑一、兩個世紀的發展就想實現移民火星計畫？人類啊，總是由第一代開始編織夢想，搭乘船隻追求崇仰的自由或尋找黃金而來到陌生的土地上，最後落地生根，由兒子繼承那個地方。在豐饒的沃土上自然會一片繁榮啊！直到他們的兒子或兒子的兒子那一代，就會因沉醉於成功的果實而變得懦弱。對人類而言，所謂的成功就和減少重力無異，倘若在五分之一左右的重力下生活，雖然身高會變高，但骨頭會變得脆弱，所以他們哪兒都不會去，等到坐享其成的世界消耗殆盡，他們就會起內鬨，展開戰爭。世界一轉眼就會和火星一樣化為荒蕪之地。那麼，你們覺得在這個故事中自己要扮演的角色是什麼？你們在第一代的野心下誕生，接著到了第二代，你們勤快的傳送訊息，到了第三代，你們開始被人們淡忘。假如有火星基金之類的玩意，我看老早就被拿去打仗囉。說不定你們傳送的電波還會原封不動的被堆放在地球的某處呢，因為沒有接收的人。

「所以啊，真相就是這樣，拋掉那毫無用處的義務也無所謂，別把電力浪費在豎起高感度天線上，乾脆去清除火星的一顆石頭還比較有用。別再四處奔波了，在這裡和我們一塊生活吧！」

「……但是我已流浪成習慣了。」得摩斯被萊卡的長篇大論震懾住，吞吞吐吐的回答。

「你們模仿人類的程度已經到了匪夷所思的程度！不管是『習慣』還是『流浪』，你覺得這適用於機器人嗎？總之，如果你喜歡到處挖石頭堆，隨你的便，這兒可是有名孕婦在場，不知道你有沒有醫療功能什麼的？」

「我有發現生命體時可派得上用場的生物程式，通稱為『醫生』。」

「那正好，幫這位朋友檢查一下狀態吧。」

萊卡將我推向前，我戰戰兢兢的不知該如何是好。得摩斯伸長像水管一樣的手臂，用鉗子形狀的手將我拉了過去。

「只要一滴就夠了。」

一陣灼熱的疼痛感過後，它抽走了我的血液，得摩斯的內部傳出一陣風扇運轉的聲音。

「十二週，發育正常，七個月後就會出生。」

「這下可好了，這裡什麼都沒有，卻要在這生產。」

「盡可能別去下方那一區，因為有輻射線，我看到有將內部冰塊加熱後所冒出的水蒸氣。」

「水蒸氣？冰塊？你是說火星上有水嗎？」

「可能性有百分之七十八左右。」

尋找水源是福波斯和得摩斯最後收到的指示。

現在萊卡下達了最新指示。

「喂，得摩斯，你現在說的可是非常關鍵的情報，如果有水，不就代表這裡遲早會變成像地球一樣嗎？一言以蔽之就是沒有半點好處……但那還久得很，既然我是幽靈、你是機器，所以不打緊，她可就不同了。她要吃要喝，還要調養身體，再加上孩子出生……唉唷，真讓人頭疼啊。總之，我不在的時候你可要好好照顧她。你既不會碎碎念，動作又很俐落，想必能成為一個優良褓姆。還有呢？你還會做什麼嗎？」

聽完萊卡的話，我的心情變得好奇怪。

萊卡自從知道我懷孕後便全心全意照顧我，除了我們同是雌性，我不知道牠為什麼這麼做。萊卡彷彿把有身孕的我當成自己的女兒般照顧。雖然牠是隻像火星的天空般深藏不露的小狗，但想到萊卡現在傾注在我身上的情感，不禁覺得牠是某人特地派來我身邊的。

聽到得摩斯說我已經懷了十二週的身孕後，身體就開始出現了變化。嗜睡與失眠交替出現，躺在膠囊內的時間也增加了。我看著一天天變大的肚子，覺得它就像受光後逐漸膨脹的月亮。

兩個朋友每天會在懸掛於太空船下的吊床睡好幾次午覺。肚裡的孩子快樂的搖晃身體時，一股令人感覺愉悅的振動會在體內描繪出充滿暖意的同心圓。我感受著波動往外推的力量，嘴角不自覺漾開微笑。微笑的線條在我的臉上描繪出新的地圖，但那僅是一時的，其他時候我總是動不動就落淚。檢視這些大起大落又讓人不知所措的情感，我無法區別這是否同樣是受到實驗的影響，抑或是懷著寶寶的母親會產生的自然本能。

這和實驗無關，是真實的。我心想。身為未知的存在，被丟到未知世界的我，暗自篤定的對自己說：「這份情感是真實的，是專屬於我，原原本本的真實。」

某天，得摩斯給我聽了胎兒心臟跳動的聲音。得摩斯的手臂真是無所不能，因為沒有電源關閉按鈕，這個半永生的機器永遠必須處於工作狀態。此時此刻，它也發揮了渾身解數照顧我們，甚至讓我聽孩子的心跳聲。

孩子的心跳聲，彷彿是朝我們全力奔馳而來的小太空船。

「我從沒聽過如此浩瀚廣大的聲音。」

萊卡用充滿詩意的方式表達自己的激動之情。

在這段時間內，萊卡與得摩斯完成了「水井」，每隔四天就會下去汲取十公升左右的水填滿水罐。雖然得摩斯評估水很安全，但萊卡到現在仍不敢讓我喝這水，牠用誠惶誠恐的態度照顧我，儘管距離預產期還很久，但牠甚至將自己珍愛的四隻寵物跳蚤從身體挑出來，另外放在桶子裡。

「我當然不能棄朋友於不顧啦，但你們對孕婦與孩子有害，只好先乖乖待在這了。我會不時讓你們吸血的，別太失落了，現在得開始準備迎接小寶寶啦。」

這座廢墟之所以不再冰冷殘酷，是因為我們一同打造了生活的節奏。

◇

我在太空船底下的涼棚進入淺眠狀態。

雖然表層仍有意識，但有各種夢境在深層來來去去。夢境與意識兩側有兩個聲音滲透進來。我在夢中看見了雲朵，雲朵呈現蓬鬆的羽毛狀，那是在火星上見不到的形狀。在仰望升騰繚繞的雲朵時，朋友們的說話聲從旁邊傳來。

「三艘船。」

「我知道，你覺得有幾名？」

「很多。」

「現在正在著陸嗎？」

雲朵變幻成太空船的模樣，我透過玻璃窗看見胸口安裝心律調節器的太空人正準備著陸。

夢境的畫面隨著對話內容持續變化，主要是萊卡先發問，再由得摩斯回答。

「是人類嗎？」

「是啊，是人類。一、二、三、四……少說有七十名左右。」

人類來了。他們分成三艘船，大約有七十個人類登陸火星。人類是很可怕的生物。我想起了鐵窗。要是他們知道我是實驗動物會怎麼樣？不曉得是心臟在跳動，還是肚子裡的孩子在踢，我的心臟撲通撲通跳著。

「水井怎麼辦？」

塵土上有拖得長長的輪胎痕，輪胎紋路壓印在泥土上頭，先是變成鞭子的模樣，很快又變成得摩斯的機器手臂。我在某一刻被打開了，得摩斯將我的臍帶剪掉。

「燒燙是為了消毒。」

因為生產而丟了魂的我，感覺不到任何痛苦。

我們在海邊。

「砰！」有冰河墜落，發出宛如槍聲般的巨大聲響。數百年來隆起的冰河流入水中，而孩子從我的身體出來。甫出生的嬰孩沾染了我的血液，全身鮮紅。

萊卡高興的跳來跳去，情不自禁的舔了舔孩子。

「一個孩子誕生了！」

「什麼意思？」

「最宏偉淬鍊的福音。妳連漢娜·鄂蘭[27]也沒讀過？」

萊卡講話真討人厭。

我們來到海邊，為了替孩子清洗身體而來到冰河墜落之處。一碰觸到冰涼的水，孩子便號啕大哭，鑽進我的懷中。我看著在小小的手指間宛如薄膜般的透明腳蹼，於是走入水中，將孩子放在我的肚子上方，為他洗滌褪去身上的血。魚兒都在跳舞。剛出生的孩子如魚兒般游泳。雖然知道這一切是夢，但我並不想中斷它，用力將眼睛閉得更緊。

「要是水井被發現會怎麼樣？」

從現實傳來的低沉嗓音。

再度回到夢境，再一次逃到夢裡吧，到沒有人類的世界。

大海漾起白色的皺紋，皺紋朝我的方向湧過來，而我不停跨越一道又一道皺紋。

「波浪。」

「什麼？」

「我是說大海的皺紋，那個叫作波浪，妳這傻瓜。」

萊卡突然開始和我對話。這裡是位於他處的另一個夢境，是在他處的我所作的夢。

兩個夢境交疊在一塊。

27 漢娜・鄂蘭（一九〇六～一九七五），為二十世紀重要的政治理論家。「一名孩子誕生了」出自其著作《人的條件》（*The Human Condition*），正好在太空船發射翌年（一九五八年）出版。鄂蘭表示，在使人們對世界懷抱信念與希望這件事上，「一名孩子誕生了」無疑是最宏偉也最簡潔的說法。這句話又引用自聖經，「因有一嬰孩為我們而生，有一子賜給我們，政權必擔在他的肩頭上。他名稱為奇妙、策士、全能的神、永在的父、和平的君。」（以賽亞書9：6）

「如果這裡真的是火星，妳就必須像袋鼠一樣跳來跳去，視力也會糟得不得了。最重要的是，妳要怎麼在零下六十二度存活？這裡是和火星相似的世界吧？所以就算發生了不好的事也不是真的。」

這是另一個萊卡說的話。另一個宇宙、另一個萊卡，好幾個次元重疊在一起，時空出現扭曲，夢境與死後世界交錯的星球，在分裂之前，我終究被夢境驅逐，只能甦醒過來。

睜開眼睛一看，萊卡和得摩斯依然在我身旁。

「我作了個夢，生下孩子的夢。」

聽我沒頭沒腦的說起一連串夢境，得摩斯說，即便在千年之後，這裡也不太可能出現海洋。那麼，我看到的是未來嗎？

「太空船呢？不是說有七十名太空人搭乘三艘船著陸嗎？」

「妳還在說夢話啊？別擔心，這裡只有我們。」

聽到這句話後，我就像身在膠囊被擁抱般，鬆了口氣。

我拾起一顆散發寶藍色光芒的美麗石子，輕輕放於手心，靜靜凝視著。某處傳來宛如黑色塑膠袋飛走的聲音，太空船那一側出現一個小小的火山模糊剪影。眼前的風景、熟悉的景象，以及由朋友組成的我的窩，頓時令我放下心來。接著，我突然想對孩子訴說溫柔的話語，因他的存在才誕生的話語。

「在整個宇宙裡，我只為你擔憂。孩子啊，所有星辰都是你的母親，而我們終究不會受寒受凍。」

孩子即將出生。除了我，還有兩位阿姨，所以沒什麼好擔憂的。

見我輕輕摸著即將臨盆的肚子輕聲呢喃，得摩斯反問：「我的性別是女性嗎？」

萊卡彷彿眨了一下眼，豎起耳朵。

肚子像在附和般蠕動了一下。

作家筆記

諺語「船夫多了，船就往山裡去」是形容人多嘴雜、易誤事，但也能應用於事情巧妙成功的狀況。說得再誇張一些，就是「跑到其他星系去」也適用。套用在這篇小說上，它不單是比喻，而是真實的情況。

我在接到女性主義小說的邀稿後，苦思了三個故事，在逐一刪去它們的同時，時間如沙粒從沙漏裡流失般越來越少，截稿日期迫在眉睫，但等我回過神來，我筆下的人物已經橫跨宇宙來到了火星！

我對於把孕婦送到火星去感到耿耿於懷，但至少覺得結局並不冷血無情，因為只要有了朋友和志同道合的夥伴，即便置身火星也不會感到寒冷。

導讀與推薦

將女性置於故事核心的文學力量

女性主義者／李敏敬

1

首先我必須坦誠，我從不認同文學的必要性或文學能帶來撫慰這種話。這並不奇怪，比起發現新世界的可能性、人類的希望等，我從文學中初次感受到的只是某種模糊的徵兆。儘管沒有人直接說出來，但我已察覺自己怎樣也無法進入這個世界。倘若我的立場很顯然會遭到排斥，那麼我決定率先否決它。我決定成為與理解「真正的文學」或具備「文學感性」背道而馳的人，也實踐了決心。

寫作亦是如此。儘管我熱衷閱讀，卻不敢妄想成為作家——不，「我絕對無法成為作家」的說法或許更為正確。即使如此，每每思考未來出路時，腦海浮現的職業就只有撰稿。這全是受限於我那貧乏的想像力，沒做過的事就想像不到，所以在思考職業時，儘管有段不算短的時間未曾提筆寫作，我仍致力尋找與書籍有關的工作。而我，同樣實踐了決心。

打從去年開始，我便誓言要和文學保持距離，動不動就洗腦自己無法成為寫作之人，這樣的我也許是最不夠格在此共襄盛舉的人。但這七篇故事是如此令人熟悉，變成印刷字體後的模樣又是何等陌生，於是這次，我決定寫出那滿腔的喜悅與眷念。

仔細想想，我從未真正遠離文學，反倒循序漸進的從童話跨越到小說的範疇，儘管我無法徹底理解它。後來我才明白，我無法理解的幾乎是男性筆下的文章，女性寫的多數文章卻能夠理解。所以，其實我可以選擇持續付出心力，直到徹底理解出自男性之手、被認證為文學——亦即獨占文學性讚譽——的文章，並試圖克服自卑感。然而，相較於浸濡放諸四海皆準、具恆久人類價值的文章，喜愛處於邊緣、細瑣的文章已令我感到滿足。無論是將此視為從認可的鬥爭中掙脫出來的正向心態，或是為守護自尊的自我妥協都無妨。從結果來看，我也慶幸自己做出這樣的選擇，多虧於此，我才得以長久浸濡在女性的故事之中。

寫作亦是如此。無論校內或校外，我從不曾錯過任何一場作文比賽；必須從畫圖和作文中擇一繳交時，我也總是選擇作文；在不安、混亂與喜悅竄流的瞬間，每每都會提筆如實記錄下來；面對離開之人或成為離開之人時，我會執意寫信；旅行時，即便晚上已經筋疲力竭，也必定要寫下當天的日記才肯就寢，沒有一天落下。儘管如此，我之所以無法想像寫作的自己，原因在於認為我寫的東西不能稱為文章。

雖然沒有聽誰說過，寫正式的文章就如同創作文學，也是一種屬於男性特質的行為，但我看出了端倪。也許我曾在哪兒聽說過，只是不復記憶罷了。但確定的是，之所以會認為我的文章不能稱為文章，是因為文章等同規範，而規範是男性的所有物。還有，很久後我才耳聞，娥蘇拉・勒瑰恩[28]曾表示，寫作是男人制定規則的領域，因此她長期以來都用男人的方式書寫；而職業多棲的托妮・莫里森[29]之所以刻意避免介紹自己是作家，原因就在於自己身為女性。

我生活在女性創造的故事中，寫文章的歲月比我記得的更久。我之所以能以有別於過往的方式來定義自己，是源自一種安心感——不必打包行李離開這個位置的安心感；不必緊張兮兮的擔憂自己來錯地方、遲遲不敢卸下行李。就如同在女性主義為號召的場合上和女性主義者齊聚一堂的心情相同，倘若沒有遭到侮蔑或需要抗辯，就不必和世界針鋒相對，自然就能放鬆下來。光是能將這各有不同的故事逐一排開，就令人安心，也足以展開關於自己的諸多想像。

2

發生江南隨機殺人事件[30]後，我開始寫鼓勵女性開口發聲的文章，才終於認可自己所寫的也是文章。我無法忘掉那一刻的感覺，彷彿出生後首次開口說話，而展讀這七篇故事的時光，似乎也會同等難忘。

從小就閱讀女性寫的女性故事長大的我，在看到小說中的女性說著自己要說的話，不需要任何讓步、說服、需要被肯定的情節，居然感動莫名。這是由於過去我一心認為女性會被排拒在文學世界之外，而一路走來，我終於了解那是基於何種原因，也明白了於此刻出版女性主義短篇小說，具備了何等意義。

即便在女性的文章被貼上不是文章的標籤，女性不被允許寫文章，甚至習文寫字都遭到禁止的時候，女性始終在寫作。那些彷彿一開始便已存在、只是不經意被拾起的故事，其實是鼓起莫大勇氣，克服了無人給予擁抱的孤獨、懷抱對自身與故事的不信任所道出的。她們與時代對抗，勇敢將故事說出來，也幫助我們從那個時代解放。

儘管好不容易擺脫了束縛，但寫成文章的女性故事依然很陌生，數量少到難以和建構起堅固世界的語言相較，然而這份陌生感卻頻頻在屹立不搖的世界上鑿出裂痕，它無法柔軟的滲入任何一處，只能持續造成裂縫與衝突。

女性畢竟占據了世界一半的人口，她們終有一天會認識自己的故事，所以即便這些敘事可能造成排拒感，但也可能很快被接受。接著，更多故事會被喚醒，女性會開始訴說那些以為只能放在內心發酵或遺忘的故事。

藉由女性主義之名所訴說的七篇故事，可以獲得各式經驗。如果妳是一名女性讀者，也會在他人寫的故事中發現自己的身影，在〈致賢南哥〉、〈你的和平〉和〈更年〉中尤其如此。

---

28 Ursula Kroeber Le Guin，美國奇幻小說家，最知名作品為《地海》系列。

29 Toni Morrison，美國非洲文學家，曾獲諾貝爾文學獎。

30 二〇一六年，首爾地鐵江南站附近發生一起三十四歲男子隨機刺殺二十三歲女性的殺人案。嫌犯供稱長年受到女性漠視，激發他的「女性嫌惡」而成為行兇動機。

〈致賢南哥〉彷彿把我們曾經猶豫著要不要寫到日記裡，或曾經差點脫口而出的話都寫出來了。並且，是否與男人談戀愛並沒有想像中重要，因為這個故事的對象並不是賢南哥，而是寫信給他的「我」。異性戀女性可能會產生強烈的既視感，懷疑自己是否也曾和賢南哥這樣的人交往，即便不是如此，腦中也會浮現以某種方式和男性建立關係的記憶。那一刻，以為只攸關寫信給賢南哥的「我」的故事，也成為與其產生共鳴的讀者「我」的故事。

〈你的和平〉是關於一對男女朋友結婚在即的故事。引子才剛說完，這篇小說就偏離了我的預想。如果不想錯過這點，就必須留意到作者將男方的家人稱為「宥真的家人」，而非「俊昊的家人」。這雖然不是一個很露骨的暗示，仍能感受到某種程度的違和感。不僅是因為我們以為焦點在於俊昊與善英的關係，也由於在韓國社會，父母習慣用第一個孩子的名字來稱呼彼此，長女卻連在這種事上都會遭受冷落。她們其實占有鮮明的地位，只要想到每次都最先被呼喚卻又和鎂光燈相距甚遠的長女們，我便擅自認定這是一個替長女發聲的故事。

〈更年〉這篇作品中，我們必然能從不得不自我懷疑的女性身上發現自身的模樣。因為不管自己的人生與女性主義的距離或遠或近，性格溫順乖巧或強悍好鬥，女性都必定會面臨不符合普世價值的時刻。只要有所偏離，對自己的疑心便於焉展開。但若能堅持不懈的表達出來，而非輕易拋下疑慮，就能在不知不覺中改變世界。特別是〈更年〉中吐露內心的話者——既是父權制下的受害者，又積極複製相同規範，把和女兒起衝突視為理所當然的媽媽——的立場上，這項發現能促使我們萌生其他夢想。

除了那些能發現自身的故事，大家也會讀到與日常明顯拉開一步距離的故事。以大方向來區分，〈讓一切回歸原位〉、〈異鄉人〉、〈鳥身女妖與慶典之夜〉和〈火星的孩子〉便是如此。

你將會為這七個故事中沒有任何女性遭到冷落的事實大感意外。但假如往後我們仍只閱讀唯有在需要女性特質時，女性才會登場的故事，或許就會用負面角度來看待自己在世上的價值。這四篇故事各自以不同方式顛覆了世界的規則——女性只存在於微不足道的、邊緣的主題，或必定有某些理由才會擔任主角的潛規則。

在〈將一切回歸原位〉、〈異鄉人〉兩篇作品中，以「崩塌建築攝影師」和「警察」為職業的女性理所當然的擔任了主角。儘管我們在「作家筆記」中看到作家們說自己煞費苦心，但她們筆下創造的人物早已獲得解放。

這些角色沒有被侷限住，而是自由的在故事中穿梭來去，在熟悉與不熟悉的路上交錯行走。在故事中，沒有人要求她們只能走在中心位置上，而她們似乎也不曾想過自己扮演的不是主角。故事中的女性之所以能呈現此種樣貌，全仰賴作家的苦心，才能讓女性不受限於既定形象，同時又彰顯女性特質。

相反的，故事反倒將男性安排在傳統女性的位置上。在〈鳥身女妖與慶典之夜〉，男性必須親自被放在那個位置上，才得以理解長久以來「女性遭受殺害的歷史」。不得不說，女性為了談論女性之死，唯一辦法就是必須再次親自經歷死亡。不管是在故事中或外面的世界，女性都太頻繁的遭到殺害。

〈火星的孩子〉說出身為女性才得以訴說的故事，並將它置於核心。它所訴說的是在標榜征服與支配的男性鬥爭結束後，幾個角色等待新生命到來的故事。在人類與非人類的分界、生物與非生物的分界上，溫度透過崩塌的縫隙擴散開來。儘管女性生育的故事一直不被視為具有普世價值，但此行為關乎一半的人類，且從結果來看，終究也與剩下的另一半息息相關。如今我們會發現，即便是在談論有關母親的故事時，兒子也比母親更經常位於中心，並為此感到訝異。就如同達成向來被視為不可能的事情般，更改長久以來的故事模式，對我們也同等重要。

理所當然的讓女性擔任主角，將男性隨機安排在其他位置上，而且不把女性必須擔任主角的故事視為微不足道，這樣的嘗試揭開了此前無法被看到的女性面貌，撼動了世界。我敢擔保，若想得知有關女性的真實樣貌，從遲疑扭捏的女性著手都比自信滿滿的男性合適。儘管這些女作家在「作家筆記」中坦誠，創作女性主義小說時面臨了混亂與恐懼，但即便沒有足夠的信心，她們終究承襲了上一代選擇相信自己的勇氣。

這七篇故事便是從這裡延續下去，從縮小曾經巨大不可撼動的混亂與恐懼開始。還有，這些故事將會拯救某些不想再懷疑自己的想法，認為世界和自己中錯誤的大概是自己的女性。看到自己所揹負的心情以泰然之姿被印刷出來後，那些女性將會稍稍收起對自己的不信任，長久以來認定自己犯錯的女性也有機會改變想法。女性展現自己時必經的混亂和恐懼會逐漸縮小，終有一天銷聲匿跡。原先從躲在角落的配角身上尋找與自己相似之處，並且對此心有戚戚焉的女性，也會在見識到眾多從未想過自己不是主角的女性角色後，耳濡目染、進一步用相同的方式活下去。

這就是所謂文學的力量嗎？過去無法令我輕易產生共鳴的話語，如今我才得以產生想像。

因此，若能一代代書寫下去，倒過來書寫，以全新的方式書寫，再次去書寫，至今陌生的文章就會逐漸累積、立下穩固基礎，開創出嶄新的土地，就像夢想他方之人，以及緩緩朝那方向移動之人至今所做的那樣。

我深信，將女性的人生置於核心的這本短篇小說集，將會成為宣告另一個起點的全新里程碑。

從形式的「論述」走入日常的「故事」
——韓國女性主義的方向

政治大學臺灣文學研究所副教授／崔末順

《致賢南哥》為韓國第一本標榜「女性主義」的短篇小說集，共收錄七篇目前仍在文壇活躍的七名三十到四十歲女作家的作品。當今韓國文壇最為顯眼的奇特現象，就是女性議題廣受讀者歡迎，不但在質或量都開創出前所未見的局面，銷售量或獲獎成績也都名列前茅，成長氣勢似乎銳不可擋。

女性主義成為韓國社會焦點

韓國傳統上深受父權影響，要求改善女性地位與處境的聲音未曾稍歇，不過最近女性議題相較以往顯得特別引人注目，背後確實有其特殊原因。

二〇一六年發生的首爾江南地鐵站隨機殺害女性事件，可謂最具代表性，該事件不僅震驚社會，引發舉國的哀悼行動，也讓年輕女性族群的危機意識驟然升高，一向在社會隱隱蔓延的厭女現象，一躍成為社會熱烈討論的議題。加上二〇一七年，文化藝術界爆發幾起性暴力事件，促動社會多個行業接二連三響應「#MeToo」運動，讓女性安全和性別議題隨即成為焦點。於此，過往常常不過只是一回性「話題」的女性議題，此時已迅速擴張為與「日常」生活息息相關的一種社會現象。

受此社會氛圍影響，女性作家的文學創作也大幅增加，成為閱讀市場的主流商品，性別議題更進一步成為檢驗及評斷韓國文學和文化的一個基準，甚至帶動讀者閱讀過去出版的小說，引發作家重寫舊作的熱潮。如韓國代表性小說〈好運的一天〉（一九二四）、〈翅膀〉（一九三六）、〈金妍實傳〉（一九三九）、〈霧津紀行〉（一九六四）、《侏儒射上的小球》（一九七八）等名作，都分別被重新以女性主義視角進行改寫及評價。文壇如此充滿實驗性的做法，係針對過去文學經典中女性聲音的消音現象，提出另一種方式的控訴，同時也想藉此呼籲民眾共同站出來，一起要求全面檢討韓國社會女性的處境和地位問題。

多元呈現「此時此地」的女性處境

《致賢南哥》即是在此文壇潮流和讀者的積極反應中問世，在其規畫出版之初，即明確揭示女性主義觀點的訴求，並邀集各個不同創作傾向的七位女性作家，聚焦且又以立體形象的方式，來呈現出她們對「此時此地」韓國女性的詮釋和個人視角。

與短篇小說集同名的〈致賢南哥〉，作者趙南柱承繼《82年生的金智英》觀點，接續探討韓國社會「身為女性」的日常感受，小說透過主角人物「我」對男朋友「賢南」的書信告白，吐露出藏存在內心深處的感受，認為男友對自己的照顧，其實只是藉愛情名義進行的一種干涉和控制，它不僅造成「我」的不自在和不舒服，實質上還屬於一種日常性的暴力；崔恩榮的〈你的和平〉描述三代女性的故事，透過主角「宥珍」的視角，描繪一心期盼媳婦也能如同自己侍候婆婆般服侍自己的母親「靜順」跌宕起伏的心路歷程，一方面彰顯出上一輩女性艱辛又備受壓抑的苦悶生活，同時藉此提出賦予她們充分發話機會的重要性；金異說的〈更年〉描寫育有一對兒女的「我」，面對國中生兒子亂搞男女關係，內心感到非常苦悶，正面點出無論是社會抑或家庭，到處都充斥著「物化女性」現象的低俗世態樣貌；崔正和的〈讓一切回歸原位〉勾畫一位專門拍攝「坍塌建築物」的女性人物，探討她患有「所有東西都要歸回原位」的強迫症緣由，映照出父權底下厭女現象普遍存在的韓國社會問題；孫寶渼的〈異鄉人〉則以推理小說形式，描繪擔任警察的「她」在調查女性連續失蹤殺人案件的過程中，逐漸擺脫過去的受害陰影，重新站了起來；具竝模的〈鳥身女妖與慶典之夜〉為一部奇幻復仇劇，故事以獵殺方式，向犯下性侵或性騷擾的男性，逐一展開讓人感到既痛快又獵奇的復仇故事；金成重〈火星的孩子〉為有關女性生產的美麗寓言，透過被射向火星的實驗動物中唯一存活下來的「我」，描繪定居在火星的過程點滴，藉此表達無論哪個性別，毫無差別的，都是一個必須互相依靠、互相安慰、共同生活下去的存在者。

消除差異眼光，真正看見女性

《致賢南哥》收錄的七篇故事以多樣的題材、人物和多元的形式，刻畫韓國社會看待女性的不同視角，提供讀者一個能夠感受到共鳴、安慰以及省思的機會。

本書在韓國一出版就締造驚人的銷售記錄，不僅創下出版兩週即賣出超過一萬本的佳績，在大型連鎖書店教保文庫、網路書店阿拉丁也均站上排行榜，更獲得讀者「容易閱讀且啟發思考」、「想推薦給朋友的好書」等評價很高的迴響。

如果說「女性主義」論述，是將「打破因生物學或社會文化的性別差異而引起的所有差別待遇」視為終極目標，我想本書的出版，肯定會扮演起韓國女性主義從「論述」和「語言」的形式，正式進入到「日常」和「故事」領域，進而擴大其影響力的一種信號彈角色。

好評推薦

女性在小說內與小說外的世界總是太頻繁的被殺害，但本書裡的女性或冷冽犀利、或困惑掙扎，所幸無論她們身在首爾，在地球，在火星，都是歷經難關的倖存者。

七篇風格迥異的短篇小說，想必能讓習慣了禮貌客氣、委屈求全、相忍為家國的臺灣讀者獲得不同體悟。我特別喜歡每篇小說最後的「作家筆記」，理解作家如何讓「女性主義」融於故事，在臺前、幕後優雅進出，好不快樂。

希望本書能激勵更多女性，請大家多多練習，在關鍵時刻務必理直氣壯的說出——「××× ，你這個王八蛋！」

——世新大學性別研究所教授／陳宜倩

「男性凝視」與第二性、處女情結與情慾羞恥、兩代女性的價值衝突、厭女文化與職場嫌惡……那些在《致賢南哥》裡的日常和枷鎖，於文學與女性主義的交融下，被精闢又內斂地層層剝開。七篇作品的風格在冷冽與溫柔、諷刺與無奈、魔幻與寫實中遊走，而那些韓劇外的女主角們，逼得我們不得不直視投射在自己身上的千百種現實。

長年籠罩在父權陰影下的南韓，正在經歷一連串的新女性主義運動。而這波前所未見的風潮，亦在藝術和文學中展現令人驚豔的力道。《致賢南哥》就是這波女性主義文學思潮的最完美見證。

——臺灣國際女性影展策展人／羅珮嘉

致賢南哥／趙南柱、崔恩榮、金異說、崔正和、孫寶渼、具竝模、金成重 著. 簡郁璇 譯. -- 初版. –
臺北市 : 時報文化，2019.06；面；14.8 × 21 公分. --（STORY：027）
ISBN 978-957-13-7813-8（平裝）

862.57 108007083

ISBN 978-957-13-7813-8
Printed in Taiwan

STORY 027

致賢南哥

현남 오빠에게

作者　趙南柱、崔恩榮、金異說、崔正和、孫寶渼、具竝模、金成重｜譯者　簡郁璇｜主編　陳信宏｜副主編　尹蘊雯｜執行企畫　曾俊凱｜封面繪圖　慢熟WORKROOM｜美術設計　兒日｜發行人　趙政岷｜出版者　時報文化出版企業股份有限公司　10803 台北市和平西路三段240號3樓　發行專線—(02)2306-6842　讀者服務專線—0800-231-705・(02)2304-7103　讀者服務傳真—(02)2304-6858　郵撥—19344724 時報文化出版公司　信箱—台北郵政79-99 信箱　時報悅讀網—www.readingtimes.com.tw　電子郵件信箱—newlife@readingtimes.com.tw　時報出版愛讀者—www.facebook.com/readingtimes.2｜法律顧問　理律法律事務所　陳長文律師、李念祖律師｜印刷　勁達印刷有限公司｜初版一刷　2019年6月21日｜定價　新台幣380元｜（缺頁或破損的書，請寄回更換）

時報文化出版公司成立於1975年，1999年股票上櫃公開發行，2008年脫離中時集團非屬旺中，以「尊重智慧與創意的文化事業」為信念。